빗방울처럼 나는 혼자였다

빗방울처럼
나는… 공지영에세이
혼자였다

해냄

아직도 외로울 때 나는 이 책을 펴든다. 자기가 쓴 책을 자기가? 하며 웃으시는 분도 계실 줄 모르겠다. 그러나 지난날의 일기나 메모가 새삼 나에게 위로가 되듯, 나에게도 그런 책이 있으니 바로 이것이다.

생각해보면 젊은 날 내 부대낌은 바로 이 외로움을 떼어버리기 위한 지난한 시간이었는지도 모른다. 혹여 타인으로 인하여 이것이 상쇄될까 하고 부질없는 무리들을 기웃거리고 산만한 저잣거리를 헤매어 다닌 것도 몇십 년인지 모르겠다. 그러나 어느 날인가 나는 내 동반자로서의 외로움에 의자를 내어주었고 그러자 외로움은 고독이 되었는데 그 친구는 뜻밖의 선물들을 내게 많이도 안겨주었다.

재밌고 사랑스러운 친구들을 좋아하기도 하지만, 나에게는 홀로 있는 방에 늘 따라와주는 이 친구가 이제는 없어서는 안 될 벗이다. 영국의 시인 워즈워스가 말한 대로 "고독 위에 내리는 축복"이 이제는 내게는 없어서는 안 될 식구가 되었다고나 할까.

아직도 가끔 이 책을 들고 사인 받으러 오는 사람들이 있다. 그러곤 말한다.

"선생님, 저는 선생님 책 중에 이 책을 가장 좋아해요."

그러면 나는 대답한다.

"많이 외로우셨군요."

그러면 대개는 속마음을 유쾌하게 들켰다는 듯이 조금은

수줍고 조금은 기쁘게 그리고 조금은 눈물겹게 미소 짓는다. 그럴 때 나는 그 사람 몰래 핑 도는 눈물을 삼키며 그를 나의 동족 목록에 끼워 넣는다.

그렇다,

모든 외로운 이들, 외로워서 책장을 넘기는 이들은 나의 동족이다. 그들에게 이 책을 기꺼이 바친다. 그들이 이 책을 읽고 그 외로움에 좋은 의자를 내어주기를…….

2016년이 저무는 날에

공지영

차례

작가의 말 · 5

사랑은 상처받는 것을 허락하는 것이다

용서의 길 • 15

사랑에 대하여 • 23

상처받는 것을 허락하는 사랑 • 33

푸짐하게 눈 내리는 밤 • 39

겨우, 레몬 한 개로 • 45

두 살배기의 집착에서 벗어나라고 그는 말했습니다 • 51

생명의 찬가 • 55

고통의 핵심 • 61

느리고 단순하고, 가끔 멈추며 • 69

조금 더 많이 기도하고 조금 더 많이 침묵하면서 • 77

사랑한 뒤에 • 85

봄 • 93

머리는 최선을 다하고 있지만 마음이 주인 • 97

진정한 외로움은
언제나 최선을 다한 후에 찾아온다

한 덩이의 빵과 한 방울의 눈물로 다가가는 사랑 · 105

잠 안 오는 밤 · 113

진정한 외로움은 최선을 다한 후에 찾아왔습니다 · 117

물레방아처럼 울어라 · 123

길 잃고 헤매는 그 길도 길입니다 · 131

모든 것이 은총이었습니다 · 137

한가하고 심심하게, 달빛 아래서 술 마시기 · 143

눈물로 빵을 적셔 먹은 후 · 149

공평하지 않다 · 156

노력하는 한 방황하리라 · 163

독버섯처럼 기억이 · 170

세상이 아프면 저도 아픕니다 · 175

어린 것들 돋아나는 봄날 · 185

빗방울처럼 나는 혼자였다

나의 벗 책을 위하여 · 193

사랑 때문에 심장이 찢긴 그 여자 · 199

우리가 어느 별에서 · 206

하늘과 땅 사이 · 221

자유롭게 그러나 평화롭게 · 229

별은 반딧불로 보이는 것을 두려워하지 않는다 · 237

빗방울처럼 나는 혼자였다 · 247

사랑했던 벌 · 260

있는 그대로 · 266

창을 내는 이유 · 271

내가 생겨난 이유 · 277

속수무책인 슬픔 앞에서 · 284

감정은 우리를 속이던 시간들을 다시 걷어간다 · 291

초판 작가의 말 · 296

작품 출처 · 298

사랑은 상처받는 것을 허락하는 것이다

들판은 흩날리는 빛으로 온통 흰색이었고
가장 긴 풀잎도 거의 보이지 않는다
그러나 그녀의 깊은 발자국은 눈 위에 새겨져
언덕의 맨 끝 솔밭길까지 이어져 있다

난 그녀를 볼 수가 없다. 희뿌연 안개 스카프가
검은 숲과 흐릿한 오렌지빛 하늘을 흐려 놓았기에
그러나 그녀는 초조하게 추위에 떨며 기다리겠지
초조하고 차갑게, 흐느낌 같은 것이 싸늘한 한숨에 스며들면서

피할 수 없는 이별이 더욱 가까워질 뿐임을 정녕 알면서도
왜 그녀는 그렇게 선뜻 오고 마는 걸까
언덕길은 험하고 내 걸음은 더디다
내가 할 말을 알면서도
왜 그녀는 오는 것일까

— 「겨울 이야기」, D. H. 로렌스

용서의 길

　　　　　　　　　　　　J, 가끔 우리는 이게 절벽인 줄
알면서도 그 위에 서서 뛰어내리고 싶어 한다고 당신은 제게
말했습니다. 가끔 우리는 이것이 수렁인 줄 알면서도 눈 말갛
게 뜬 채로 천천히 걸어 들어간다고. 가끔 머리로 안다는 것
이, 또렷하게 알고 있다는 것이, 이렇게 속수무책일 때가 있다
고. 또 이렇게 하면 그와 끝장이 나는 줄 알면서도 우리는 마
지막 말을 하고야 만다고, 그대는 제게 말했습니다.

　그대의 말이 귓가에 남아 있습니다. 평안하시죠?

D. H. 로렌스. 모든 훌륭한 사람들이 그렇듯, 모든 역사에 남는 위인들이 그렇듯, 그도 시대의 반항아였습니다. 그는 전성기 영국 상류사회의 위선을 비웃었습니다. 정신적 교류와 종교적 엄숙함을 강조하는 당시 지배층들의 위선을 온몸으로 조롱했지요. 당연히 그의 소설은 판매가 금지되는 수난을 겪게 됩니다. 말이 쉽지, 그들이 겪어야 했던 수모와 조롱 그리고 모욕은 실은 우리의 상상을 뛰어넘는 일상의 것이었으리라 여겨집니다. 날마다 마주치는 소소한 경멸이 어쩌다 한번 마주치는 커다란 모욕보다 견디기 쉬운 것은 아니니까요. 오직 자신에 대한 긍지와 믿음, 그리고 선의를 가진 인간만이 그러한 것을 견뎌낼 수 있을 테지요. 그러나 이런 사람들의 용기 있는 한 걸음으로 인해 먼 훗날의 우리는 우리를 동여매는 비합리적 도덕으로부터 한 발자국 자유로워집니다. 공짜로 말입니다.

　가끔 이런 이들의 생애를 읽고 있으면 브레히트의 말이 떠오르곤 합니다. "죽은 물고기만이 강물을 따라 흘러간다." 하지만 어쩌겠습니까? 저도 가끔은 아니, 실은 자주 강물을 따라 그저 두둥실 흘러가고만 싶어집니다. 적당히 과장하고 적

당히 웃고 적당히 예의 바르고 적당히 감추고 싶어집니다. 세상 사람들에게가 아니라 무엇보다 나 자신에게 말입니다. 글마다 깨어 있는 것이 명징한 삶의 징표라고 써대는 저도 가끔은 깨어 있음보다 두둥실 죽어 떠내려가는 것이 훨씬 매혹적이라고 느껴집니다. 그것이 궁극적으로 우리를 행복하게 해주지 못한다는 것을 알고 있다 해도 말이지요. 그리하여 저는 날마다 저 자신과 대치합니다. 내 속에서 들끓는 수많은 욕망과 집착과, 그것을 넘어서서 더 높고 맑고 깊은 곳으로 가고자 하는 마음이 피 흘리며 서로 부벼대고 있습니다.

이 시를 읽다가 문득 생각했습니다. 그의 시 속에 나오는 그녀가 나 같다고. 아주 오래전 비가 내리는 어느 거리에서 나 싫다는 사람을 따라가다가 그만 빗길에 미끄러져 우산도 놓쳐버린 채 한 길거리에서 엎어져 울고 있었던 나 같다고. 그때 나에게 신경질 부리고 나를 뿌리치고 그러다 못해 나를 지긋지긋해하는 그를 따라가게 한 것은 무엇이었을까 생각해봅니다. 정말 그것이 사랑이었을까, 하고.

아마도 그것은 사랑이 아니었는지 모릅니다. 이대로 어이없이 헤어질 수는 없다는 망연함이었을까요? 그를 이대로 보내면 모든 것이 끝장이라는 조급함, 이렇게 버림받는 나를 받아들일 수도 용서할 수도 혹은 인정할 수도 없다는 심한 자괴감, 모욕감, 어쩌면 내가 한 번도 생에서 기대하지 않았던 처참한 상실이 내 눈앞에서 일어나고 있다는 데 대한 참을 수 없음, 자존심 따위도 버릴 만큼 두려웠던 내 앞의 생, 이런 것들이 그 빗속에서 뒤엉켜 있었을 테지요. 그러니 저는 생각하는 것입니다. 그때 내가 가졌던 그 마음이 사랑이었던가, 하고 말이지요.

오래도록 생각해보았지만 여전히 답은 나오지 않고 있습니다. 잘못된 사랑은 사랑이 아닐까? 나이를 많이 먹은 지금 나는 고개를 저어봅니다. 그러나 잘못된 것이었다 해도, 그것 역시 사랑일 수는 없을까요? 그것이 비참하고 쓸쓸하고 뒤돌아보고 싶지 않은 악몽 같은 현실만 남기고 끝났다 해도, 나는 그것을 이제 사랑이었다고 이름 붙여주고 싶습니다.

나를 버리고, 빗물 고인 거리에 철벅거리며 엎어진 내게 일별도 남기지 않은 채 가버렸던 그는 작년에 세상을 떠났습니다. 그때 망연해 있던 제 곁에서 당신은 저를 지켜주셨지요. 며칠 동안 아무 말도 하지 못했었지요. 그가 죽는다는데 어쩌면 그가 내 머리채를 휘어잡고 그가 나를 모욕하고 그가 나를 버리고 가버렸던 날들만 떠오르다니. 저 자신에게 어처구니가 없었지만, 그리고 그의 죽음보다 더 당황스러웠던 것이 바로 그것이었지만 그러나 그것 역시 저의 진실이었습니다. 죽음조차도 우리를 쉬운 용서의 길로 이끌지는 않는다는 것을 저는 그때 처음 알았습니다. 인간의 기억이란 이토록 끈질기며 이기적이란 것도 깨달았습니다. 그는 이제 이 세상 사람이 아니나, 그 비 내리는 거리의 그와 나를 저는 아직도 가끔 회상합니다.

그러니 이제 내가 죽기 전에 해야 할 일이 있다면 그때의 그와 그때의 나를 이제 똑같이 용서해야 한다는 것이겠지요. 똑같이 말입니다. J, 실은 그를 용서하는 일보다 나 자신을 용서하는 일에 훨씬 더 많은 시간이 필요하다는 것을 예감합니다. 아마도 이것이 오늘도 저를 그 기억의 언저리에서 맴돌게 하는 이유겠지요.

이제는 다만 그의 영혼을 위해 기도합니다. 아직 다 용서할 수 없다 해도 기도할 수 있다는 것은 정말로 다행입니다. 우리 생애 한 번이라도 진정한 용서를 이룰 수 있다면, 그 힘겨운 피안에 다다를 수 있다면 저는 그것이 피할 수 없는 이별로 향하는 길이라 해도 걸어가고 싶습니다.

사랑은 씻겨지는 것이 아니니
말다툼도
검토도 끝났다
조정도 끝났다
점검도 끝났다
이제야말로 엄숙하게 서툰 시구를 만들고
맹세하오
나는 사랑하오!
진심으로 사랑하오!

— 「결론」, 블라디미르 마야코프스키

사랑에 대하여

시인들이 살아가기에 이 세상은 좋은 곳이 아닙니다. 너무도 예민하고 너무도 여린 가슴을 가진 그들이 아무리 이렇게 단호한 시를 썼다 해도, 이미 그들은 가시관을 뒤집어쓰고 있었을 것이며 심장은 피를 흘리며 툭툭 터져나가고 있었겠지요. 비열하고 남루한 현실을 저도 살아가고 있습니다. 그들보다 더 무디고 그들보다 더 비겁하기에. 그러나 J, 저는 구시렁거리며 삶을 치사하게라도 오래도록 견디는 사람들을 더 사랑하고 있습니다. 그러므로 오늘도 그렇게 일찍 별처럼 져버린 시인의 시를 읽으며 당신에게 편지를 씁니다.

마야코프스키, 지금의 그루지야에서 태어나 볼셰비키가 되어 러시아혁명의 스타 시인이 된 그. 10대에 차르 체제를 비판하는 유인물을 읽고 "그것은 혁명이었다. 그것은 시였다"라고 일갈한 천재 시인입니다. 혁명이란 것이 원래 그렇듯, 마야코프스키는 유부녀와의 이루지 못한 사랑과 경직되어가는 공산주의 체제를 견디지 못하고 자살하고 맙니다. 그의 나이 그때 37세라고 하더군요. 그를 힘들게 만들었던 것이 유부녀의 위선적인 태도였던가요, 아니면 경직되어 이미 그 본연의 선함을 잃었던 혁명이었을까요. 생각하다가 말았습니다. 그 둘이 어찌 다를 수 있을까요.

그가 마지막에 썼을 시라고 여겨지는 「이별의 시」에서 그는 말하고 있습니다.

사람들이 말하듯
사건은 끝났다.

사랑의 범선들은

인생에 좌초했다.

인생에 아무 책임도 묻지 말자.

하나하나 헤아리기엔 너무도 많아

고뇌와 고통, 존재의 괴로움

안녕

마치 사랑의 시와 대구를 이루는 듯한 이별의 시입니다. 제
가 마야코프스키의 시집을 집어 든 것은 오늘 아침 그렇게 혁
명에 헌신하고자 했던 시인, 김남주의 이야기를 읽었기 때문
인지도 모릅니다.

민주화 운동을 하면서 잠깐 연애한 여자가 먼저 출옥한 후
김남주 시인에게 편지를 보내죠. 시인은 그 편지를 받은 느낌
을 이렇게 쓰고 있습니다.

잡아보라고

손목 한번 주지 않던 사람이

그 손으로 편지를 써서 보냈다오

옥바라지를 해주고 싶어요 허락해주세요

이리 꼬시고 저리 꼬시고

별의별 수작을 다 해도

입술 한번 주지 않던 사람이

그 입으로 속삭였다오 면회장에 와서

기다리겠어요 건강을 소홀히 하지 마세요

15년 징역살이를 다 하고 나면

내 나이 마흔아홉 살

이런 사람 기다려 무엇에 쓰겠다는 것일까

—「철창에 기대어」중에서

그리고 여자는 옥바라지를 시작하죠. 그래서 시인은 당시 집필이 허락되지 않았던 전근대적인 교도소 안에서 말린 우유갑에 그녀를 위한 시를 썼습니다.

그대만이

지금은 다만 그대 사랑만이

나를 살아 있게 한다.

감옥 속의 겨울 속의 나를

머리 끝에서 발가락 끝까지

가슴 가득히

뜨건 피 돌게 한다.

그대만이

지금은

다만 그대 사랑만이

—「지금은 다만 그대 사랑만이」 중에서

기자는 이 사람이 전사라기보다 '사랑의 포로'로 보인다고 했습니다. 사랑의 포로가 되어보지 않은 사람이 '만인을 위해' 싸울 수 있을까요? 누군가를 가슴 사무치게 그리워해보지 않은 사람이 갇힌 이들을 위해 울어줄 수 있을까요? 이상한 이야기인 것 같습니다만, 이탈리아의 노래 중에 〈차오 벨라〉라는 노래가 있습니다. 후렴구가 차오 벨라 차오 벨라 차오 차오 차오, 뭐 이렇게 반복되는 경쾌한 리듬의 노래입니다. 이탈리아 어를 공부한 친구가 어느 날 그것이 이탈리아의 파시즘에 대항해서 싸우던 파르티잔의 노래라고 이야기해주었을 때 저는 놀라고 말았습니다. '차오 벨라'란 안녕 아름다운 아가씨, 정도로 번역될 수 있겠는데, 그 노래의 내용은 내 사랑이여 내가 다시 살아올 때까지 잘 있어요, 라는 것이라고 말했습니다.

우리의 스무 살 때 민주화 운동 시절을 저는 잠깐 생각하고 말았습니다. 연애는 금기였지요. 우리는 커다란 사랑만을 강요받았습니다. 글쎄요, 그 강요의 주체는 누구였을까요. 선배? 시대? 조직 혹은 독재자? 아니면 나 자신?

한 사람을 사랑하는 작은 사랑 없이 큰 사랑을 이야기하는 것은 공허합니다. 위선이 되기 쉽지요. 작은 사랑만 보고 큰 사랑을 외면한다면 우리는 이기적이 되고 맙니다. 저는 그래서 김남주 시인의 시를 믿었고 그를 존경할 수 있었을 것입니다.

김남주 시인이 죽던 날을 아직도 기억합니다. 그날 지금 강북 삼성병원 자리에 있던 고려병원에 누워 계신 그분의 마지막을 문안하고 오면서 흘렸던 눈물을 아직도 기억합니다. 그때 제 배 속에서는 아이가 자라고 있었지요. 생명을 잉태한 채로 생명이 꺼져가는 선배를 작별하고 나오는 제 마음은 몹시 아팠고, 또 무어라 말할 수 없이 복잡했습니다.

사랑하는 J, 그러나 저는 그때 그분의 마지막을 있는 힘을 다해 함께 버티어주던 그분의 '그 사람'을 보았습니다. 그들은 죽음으로 서서히 이별하고 있었으나 누구도 그 두 사람을 떼어놓을 수 없는 듯 보였습니다. 그것이 더욱 마음을 아프게 했지만, 그것은 선배와의 작별을 아주 절망적이지 않게 해주었습니다. 그 두 사람은 이미 사랑의 포로로 함께 포박되어 있어서 죽음조차도 그것을 풀어내지 못할 것 같았으니까요.

J, 그대와 나는 사랑의 포로가 되어본 적이 있었던가요? 우리는 함께 여행도 했고, 바다도 보았고, 술도 마셨으며, 아무도 없는 들판에서 떨며 삶과 죽음과 이 세상과 들꽃에 대해 이야기도 해보았으나, 우리가 진정 그렇게 함께 포로인 적이 있었는지요.

멀리 있는 J, 저도 이런 사랑의 포로가 되고 싶습니다. 지금은 다만 그대의 사랑만이 나를 살아 있게 하는, 그대와 내가 되고 싶습니다. 내가 그냥 나여도 좋은 사랑, 서로의 사랑이 서로를 자라게 하는 사랑, 그대를 더 사랑하는 것이 모든 사람에게도 좋은 사랑, 그런 사랑을 말입니다. 김남주 시인과 마야코프스키의 차이점을 생각해봅니다. 가끔은 마야코프스키를 절망으로 이끈 그 유부녀가 원망스럽기도 하지만 그것 역시 그의 선택이었습니다.

그러나 J, 언제든 당신이 원하면 저는 그 포박을 풀어드리려고 오래전부터 마음먹었습니다. 그래야 당신이 진정 제게 오실 수 있으니까요.

나는 생각한다 키스와 침대
빵을 나누는 사랑을

영원한 것이기도 하고
덧없는 것이기도 한 사랑을

다시금 사랑하기 위하여
자유를 원하는 사랑을
찾아오는 멋진 사랑을
떠나가는 멋진 사랑을

— 「나는 생각한다」, 파블로 네루다

상처받는 것을 허락하는 사랑

앙드레 모루아의 저서 『사랑의 기술』을 보면 이런 글이 있습니다.

"내가 스페인에서 우연히 만난 기품 있는 한 농부는 이렇게 말했다. '나는 이 나이에 대해 아무런 불평이 없습니다. 물론 나 역시 이제까지 살아오는 동안 괴롭고 슬픈 일이 있었죠. 그러나 나는 스무 살 때 한 사람을 사랑했습니다. 그 사람도 나를 사랑했지요. 그래서 우리는 결혼했습니다. 몇 주일 후에 그는 죽었습니다. 그러나 나는 행복이라는 것을 알게 되었습니다. 그때부터 50년 동안 나는 그와의 추억 속에서 살고 있습니다.'"

처음으로 든 생각은 '정말일까?'였습니다. 물론 앙드레 모루아가 살아 있다 해도 정말이냐고, 프랑스 어로 물어볼 수도 없지만 말입니다.

J, 저는 사랑을 믿지 않는 사람이었습니다. 내가 사랑했다고 믿었던 사람들은 나에게 아픔만 주고 떠났다고 생각했지요. 남는 것은 허망함과 자신에 대한 쓸쓸한 기억들뿐. 저는 사랑이 두려웠고, 저 자신에게 남겨진 사랑의 몫은 이 세상에는 없다고 생각했습니다. 그런 가능성을 차단하기 위해 마음을 굳게 닫기도 했지요. 일부러 쌀쌀하게 대했고, 일부러 대답하지 않았고, 일부러 그를 스쳐 지나가기도 했습니다. 혼자 있을 때, 이리 뛰고 저리 뛰는 시간 틈틈이, 옷깃 사이로 스며드는 바람처럼 마음이 추워질 때, 나 스스로에게 사랑할 수 있을까? 하고 묻고는 얼른 아니, 라고 대답했습니다. 내가 나를 믿을 수 있을까, 내가 과연 한 인간을 있는 그대로 존경하고 사랑할 수 있을까? 멀리서라면 혹시, 짧은 기간이라면 혹시, 그

러나 가깝고 길게……. 나는 자신이 없었던 겁니다. 내가 사
랑할 수 없었음이 절망적이었기 때문에, 사랑한다는 착각을
사랑이라고 생각했었기 때문에.

그 모든 것을 받아들여서 사랑해보려고 노력은 했지만, 많
이 했다고 나는 생각하지만, 결국 저는 할 수가 없었던 거였습
니다. 너무도 가까운 그 거리들이 제게는 숨이 막혔습니다. 나
를 가두고 새장 속에 구겨진 채로 집어넣으려고 했던 그들을
나는 결국 용서하는 데 실패했던 것입니다. 용서할 필요도 없
지만, 아니 그것은 용서의 문제는 아니었던가요?

J, 어제는 몹시 술이 마시고 싶었습니다. 제 마음속에서 무
슨 싹인가가 돋으려고 했기 때문입니다. 설레는 싹 같은 것을
느껴버린 것입니다. 빠진 이가 돋는 것처럼 나는 고통스러웠
습니다. 거부하고 싶었지요. 세상 모든 사람에게는 아니라고
해도 내게 사랑은 무모하지 않았다면 순진했었고, 빠져들어가
지 말아야 할 늪처럼 생각되어졌음을 고백합니다.

그래도 당신은 내게 사랑해야 한다고 말씀하시는군요. 그것
은 두려운 일이 아니라고, 상처받는 것을 허락하는 것이 사랑

이라고. 키스도 침대도 빵을 나누는 것도, 보내주는 것도 사랑이라고. 다만 그 존재를 있는 그대로 놔두는 것이 사랑이라고. 제게는 어려운 그 말들을 하시고야 마는군요. 그래요, 그러겠습니다. 그렇게 해보겠습니다. 상처받는 것을 허락하는 사랑을 말입니다.

비가 그칩니다. 먼 산에 아직 다 비로 내리지 못한 흰 구름의 자취들이 하늘로 올라가지도 못하고 땅으로 내리지도 못한 채 걸려 있습니다. 더운 공기들이 부풀어 오릅니다. 덥군요, 많이 덥습니다.

그래도 당신은 내게 사랑해야 한다고 말씀하시는군요.

그것은 두려운 일이 아니라고,

상처받는 것을 허락하는 것이 사랑이라고.

가난한 내가

아름다운 나타샤를 사랑해서

오늘밤은 눈이 푹푹 나린다

나타샤를 사랑은 하고

눈은 푹푹 날리고

나는 쓸쓸히 앉어 소주를 마신다

소주를 마시며 생각한다

나타샤와 나는

눈이 푹푹 쌓이는 밤 흰 당나귀를 타고

산골로 가자 출출이 우는 깊은 산골로 가 마가리에 살자

눈은 푹푹 나리고

나는 나타샤를 생각하고

나타샤가 아니 올 리 없다

언제 벌써 내 속에 고조곤히 와 이야기한다

산골로 가는 것은 세상한테 지는 것이 아니다

세상 같은 것은 더러워 버리는 것이다

눈은 푹푹 나리고

아름다운 나타샤는 나를 사랑하고

어데서 흰 당나귀도 오늘밤이 좋아서 응앙응앙 울을 것이다

— 「나와 나타샤와 흰 당나귀」, 백석

푸짐하게 눈 내리는 밤

눈 내리는 밤, 강원도 시골집에서 백석의 시를 읽고 있습니다. 아이들은 여전히 이불을 차 내던진 채 잠들고 저는 몇 번이나 어린것들의 방을 드나들며 이불을 여며주다가 말았습니다. 보일러를 너무 올려놓은 탓인지 아이들 이마에 엷은 땀들이 자잘자잘 배어 있었거든요. 살금살금 부엌으로 들어가 얼큰한 소주에 참기름 한 방울 떨어뜨린 명란젓갈, 조금 매운 풋고추를 종종 썰어놓은 것과 시원한 생수를 가져다놓고 가만히 창밖으로 귀를 기울여봅니다. 눈

내리는 소리가 들리나 싶어서요.

J, 그대는 잠들어 계시겠지요? 그대가 잠들어 있어 제게는 늘 아름다운 이름으로 떠오르는 그 도시에도 눈이 내리고 있는지요.

명란젓에는 손도 안 대고 소주 한 잔에 푸짐한 눈 한 보시기 바라봅니다. 이렇게 약간 외로운 밤을 저는 좋아합니다. 비가 내리거나 눈이 내리거나 바람이 불거나 배꽃이 흐드러지게 떨어지는 날, 달 밝은 날 정원이 온통 은빛으로 변하거나 정원에 돗자리 펴고 누워 유성을 일곱 개나 세어보던 날이거나 푸른 번개가 산등성으로 내리꽂히는 걸 바라보던 그날이거나, 외로움을 옆에 앉혀놓고 이렇게 혼자 소주를 마시는 밤을 저는 가끔은 설레며 기다립니다.

한 친구는 어느 날 술에 취해 제게 말하더군요. 세상에 태어나 그냥, 어느 날 밤, 문득 누군가의 손을 꼭 붙들고 도망치고 싶어 해보지 않은 사람과는 친구하지 않겠다고. 그 애달픔을 모르는 자와는 인생을 이야기하지 않겠다고.

누군가는 인생의 어느 골목에서 그렇게 누군가의 손을 잡고 달음질을 치고, 누군가는 그 길모퉁이에서 그 손을 잃어버리고, 누군가는 끝내 그 손을 내밀어보지도 못하겠지요.

J, 짧은 사랑이라 해도 소중합니다. 약속하지 못해도 아름다울 수 있습니다. 우리가 어차피 영원에 도달할 수 없는 사람들이라서가 아닙니다. 잃어버린 것과 깨어져버린 것보다는 그 '처음'을 항상 간직하고만 싶습니다. 그 처음이 있어서 저는 살 수 있었습니다. 그렇지 않으면 겁 많은 제가 어떻게 아이들을 데리고 이 산골로 들어설 수 있었겠습니까? 너무 무서워서 늘 용기를 내지 않으면 안 되었던 나의 길고 길었던 삶이 때로는 야속했습니다마는, 이제는 나쁘지 않습니다. 저기 흰 눈이 공평하게 온 세상에 내리고 있지 않습니까?

어디선가 당나귀가, 그것도 이 눈처럼 흰 당나귀가 응앙응앙 우는 소리를 놓치고 말까 봐 내 작은 몸짓에도 조심스럽습니다. 아름다운 나타샤와 가난한 시인이 행복했으면 좋겠습니다. 그들이 데리고 간 그 흰 당나귀도 함께 행복했으면 좋겠습니다. 그리고 J, 당신도, 행복하시길 빕니다. 설사 그것이 나와 함께가 아니라 해도 말입니다.

이런 제 마음이 진심임을 그대는 알고 있습니다. 그래서 당신이 잠든 곳에서 천 리 먼 곳에 떨어져 있어도 저는 행복해질 것만 같습니다. 설사, 내일 새벽 슬픈 꿈에서 깨어나 이 모든 맹세를 스스로 깨어버린다 해도, 지금 이 순간을 겪어낸 것이 제게는 분명 큰 행운입니다.

나의 J, 부디 평안한 잠을.

그렇게도 당신은 레몬을 쥐고 있었어
쓸쓸하고도 하얗고 밝은 병상에서
내 손에서 넘겨받은 레몬 한 조각을
당신의 단정한 이로 꼭 깨물어
토파즈 색으로 향기가 일고

그 몇 방울 안 되는 레몬 즙에
당신은 의식을 되찾았지

당신의 맑고 파아란 눈이 희미하게 웃고
내 손을 쥔 당신의 손엔 힘이 넘쳤어

당신의 목에서는 거친 바람이 불었어도
그처럼 위대한 생의 한가운데에서

치에코는 원래의 치에코가 되어
일생의 사랑을 한순간에 부어넘었지
그리고 한동안
그 옛날 산정(山頂)에서처럼 심호흡 한번 하고
당신의 기관은 그대로 멈추었어

사진 앞에 꽂은 벚꽃 그늘에
차갑게 반짝이는 레몬을 한 개 놓아야지

— 「레몬 애가(哀歌)」, 다카무라 고타로

겨우, 레몬 한 개로

아이들과 레몬 즙을 짜서 컵에 붓고 꿀과 얼음, 소다수를 부어 레몬 소다를 만들었습니다. 부엌에서 풍겨온 레몬 향기가 온 집 안으로 기분 좋게 퍼져갑니다. 겨울에서 봄으로 가는 이러한 무채색의 날들이면 저는 늘 레몬을 그리워합니다. 어떤 날은 레몬을 쪼개서 접시에 담아 책상 앞에 놓아두고 글을 씁니다. 일견 톡 쏘는 듯하고, 새콤하면서 새침한 그 향기는 밀려드는 창작의 피로로 그만 손을 놓아버리고 싶은 저의 오후에 노란 반짝이가루를 뿌려주는 것처럼 신선합니다.

다카무라 고타로를 아시나요? 그는 1883년 부유한 집에서 태어났지요. 유학을 다녀와 한눈에 반한 치에코[智惠子]와 결혼합니다. 조금 다른 이야기를 하자면, 모든 '유명한 사랑'에는 한눈에 반했다, 라는 수식이 달려 있습니다. 칼 융조차 부인을 처음 만나는 순간, 그녀가 자신의 부인이 되어 해로할 것을 알았다고 회고했습니다. 정말일까, 하고 저는 오랫동안 의심해왔습니다. 왜냐하면 당신을 만나기 전에 저는 그러한 운명의 순간을 가져본 일이 없었기 때문이었겠지요. 모든 사랑에는 어떤 면이든 인간의 이성만으로는 판단할 수 없는, 그래서 뭉뚱그려 운명이라고 부를 수밖에 없는 부분이 분명 존재한다는 말이지요. 무의식일 수도 있고, 유전자의 부름일 수도 있고, 과학자들은 수없이 많이 그런 일을 설명하여 왔으나 정작 그들 자신도 이런 운명 앞에서 속수무책이었겠지요.

그녀 역시 미술학도였고 몹시 예민한 여자였다고 합니다. 두 사람은 가난했지만 서로 사랑하며 소위, '단란'하게 살았다더군요. 그러던 어느 날, 그는 너무도 감성이 예민한 치에코가 이상해진 것을 발견합니다. 정신이 이상해진 것이지요. 그 후로 고타로는 아내 곁에 붙어 있으면서 아내에 대한 글만 썼다고 합니다.

> 치에코는 보이지 않는 것을 보고 들리지 않는 것을 듣는다
> 치에코는 갈 수 없는 곳을 가고 할 수 없는 것을 한다
> 치에코는 현재의 나를 보지 않고 내 뒤의 나를 동경한다
> 치에코는 괴로움의 무게를 이제 버리고
> 끝없는 황막한 미의식권을 헤매다닌다
> 나를 부르는 소리가 끊임없이 들려오지만
> 치에코는 이미 인간세계의 신분증을 갖고 있지 않다

태평양전쟁으로 인해 모든 물자가 사라지고 부족하고, 인간의 삶과 죽음, 병과 노쇠의 슬픔이 그 미친 전쟁의 광풍에 휩쓸려버리고 마는 1941년, 그는 그의 사랑하는 아내 치에코를 잃습니다. 굶어 죽을 만큼 가난했던 예술가의 부인으로서 굶어 죽기보다는 중세의 마녀가 되어 화형을 원했던 여자가, 미

쳐서…… 죽습니다.

　젊었을 때 이 시를 읽었다면 저는 음, 다카무라 고타로의 정신도 감정을 좀 받아봐야겠군, 하고 생각했을 것입니다. 부디 웃지 마십시오. 물론 지금도 이 생각이 아주 사라진 것은 아니니까요. 그리고 좀 시간이 지난 후의 나라면 생각했을 것입니다. 나를 저렇게 극진한 마음으로 대해줄 그런 사람이 있을까, 그것이 J 당신일까, 하고. 물론 지금도 이 생각이 아주 사라진 것은 아닙니다. 그러나 지금의 나는 생각하고 맙니다. 내가 누군가에게 저런 사람이 될 수 있을까, 정녕, 될 수 있을까. 그리고 잠시 자신 없이 멍해 있다가, 저는 이런 생각들이 설사 이루어질 수 없다 해도 제 인생을 풍요하게 만들어주는 은총임을 깨닫고 맙니다.

　이 시를 읽으면 슬픔이 죽음 앞에서 위대해지고, 사랑이 운명 앞에서 세상을 덮습니다. 겨우 레몬 한 개로 사랑의 절정과 성숙의 무르익음을 봅니다. 겨우 레몬 한 개로 죽어감이, 차마 뱉을 수 없는 슬픔이 '그처럼 위대한 생의 한가운데'로 변해 아름다움으로까지 승화되는 이유는 단 하나, 지극한 사랑 때문이겠지요.

멀리 계시는 J, 저는 치에코보다 고타로가 더 부럽습니다.

그이가 다른 사람과 함께 가는 것을 보았다
바람은 여느 때처럼 부드러웠고
길은 여느 때처럼 고요한데
그이가 가는 것을 보았다
이 불쌍한 눈이여

꽃밭을 지나가며
그이는 그 사람을 사랑하였다
신사꽃이 피었다
노래가 지나간다
꽃밭을 지나가며
그이는 그 사람을 사랑하였다

해안에서
그이는 그 사람에게 입을 맞추었다
레몬의 달이
물결 사이에서 미소지었다
바다는 내 피로 붉게 물드는 일 없이

그이는 영원히 그 사람 곁에 있다
감미로운 하늘이 있다
그이는 영원히 그 사람 곁에 있다

— 「발라드」 가브리엘라 미스트랄

두 살배기의 집착에서 벗어나라고
그는 말했습니다

얼마 전 이야기 끝에 같은 어려움을 겪는데도 왜 어떤 이는 더 성숙해지고 어떤 이는 소위 '망가지는지' 토론을 벌인 적이 있었습니다. 그때 한 사람이 말했지요. 가장 중요한 차이는 그가 어려움의 본질을 직시하려고 하는가 아닌가의 차이라고 말입니다. 어려움의 본질, 직시, 그래요 압니다. 안다고 하는 저를 그냥 좀 놔두십시오. 안다고 말하고 싶습니다. 너무나 오래도록 저 자신에게 되뇐 말들입니다. 이제는 실은, 그 낱말들부터로도 해방되고 싶습니다.

내가 가장 상처받는 것은 내가 무엇에 가장 집착하고 있는 가 하는 것을 드러내는 것이라는 어떤 라마승의 말을 떠올려 봅니다.

대개 "왜 하필 나야?"라는 물음으로 우리의 고통은 그 긴 여정을 시작합니다. "대체 나한테 왜 이러시는 거냐구요, 말 좀 해보세요" 하고 저도 하늘을 향해 여러 번 외쳤습니다. 우주 전체, 이 천지간 고아가 된 듯한 괴로움은 제 고통이 나 자신의 어리석음에서 비롯되었다는 자책이 되고, 타인에게는 비난의 대상이 되기도 합니다. 가장 위로받고 싶었던 그때, 어린 나비 날개처럼 마음이 여렸던 때 겪어야만 하는 손가락질은 이미 그 각오만으로도 긴긴 불면을 가져다줍니다. 삶이 내게 왜 이리 인색한지 모르겠고, 착하게 살고자 노력했으나 그것이 바보 같은 시도라는 것을 증명해줄 본보기로 내가 뽑힌 것 같은 그런 억울함, 분노 같은 것들이 밤새 샌드페이퍼처럼 제 마음을 갈아대곤 했습니다.

불행을 당하는 사람들에게 가장 큰 폭력이 바로 비난이지요. 그래서 불행한 사람들이 가장 힘든 것이 수치심이라고 합니다. 갑자기 배우자를 잃거나 갑자기 암에 걸릴 때, 범죄의 대상이 되거나 이혼을 하게 될 때, 불행보다 힘든 것이 수치심이라고 말이지요.

그런 내게 일말의 동정심도 없이 라마승은 다시 말하곤 했지요. "내가 그것을 원하면 그것은 내 것이다. 내가 그것을 너에게 주었다가 마음이 변하면 그것은 내 것이다. 내가 그것을 네게서 빼앗을 수 있다면 그것은 내 것이다. 내가 잠시 전에 무엇을 가졌었다면 그것은 내 것이다, 라는 두 살배기의 집착에서 벗어나십시오" 하고.

승복을 날리며 표표히 걸어가는 라마승의 뒷모습을 본 듯합니다. 그래, 너 잘났다, 너 잘났어, 난 두 살배기 집착쟁이고 당신은 집착 없어서 좋겠다, 라고 말하고 싶지만 그는 돌아보지 않고 걸어가고 있습니다. 저는 그 자리에 주저앉아버립니다. 칠레의 여류 시인 미스트랄도 그걸 보아버린 모양입니다.

J, 저는 그러나 그녀와 친구하지는 않으렵니다.

그리움 가득한 눈빛으로
제가 뒤따르는지 확인하세요
사랑으로 저를 일으켜주세요
미풍이 제비를 받쳐 올리듯
태양이 내리쬐든 비바람이 치든
우리가 멀리 날아갈 수 있도록 해주세요
하지만
제 첫사랑이 저를 다시 부르면 어떡하죠?

저를 꼭 껴안아주세요
늠름한 바다가 파도를 끌어안듯
산속에 숨어 있는 당신 집으로
저를 멀리멀리 데려가주세요
평안으로 지붕을 잇고
사랑으로 빗장을 걸도록 해요
하지만
제 첫사랑이 저를 또다시 부르면 어떡하죠?

— 「비상」 사라 티즈데일

생명의 찬가

　　　　　　　　J, 좋은 아침입니다. 저도 조금
이긴 하지만 잘 잤어요. 아침에 새처럼 지저귀는 우리 막내 목
소리에 깨어 일어나 오늘 저를 방문하러 오는 친구들을 위해
방금 장에 다녀왔습니다. 찬 맥주를 냉장고에 넣고 고기를 쟀
습니다. 하늘은 높고 나뭇잎들은 반짝이며 팔랑거립니다. 생
명의 찬가들이 들려오는 듯한 여름날입니다. 지금쯤 친구들
은 밀리는 고속도로 위에 있겠지요. 습기 없는 바람이 부는 정
원으로 나와 노트북을 무릎에 올려놓고 당신에게 편지를 씁

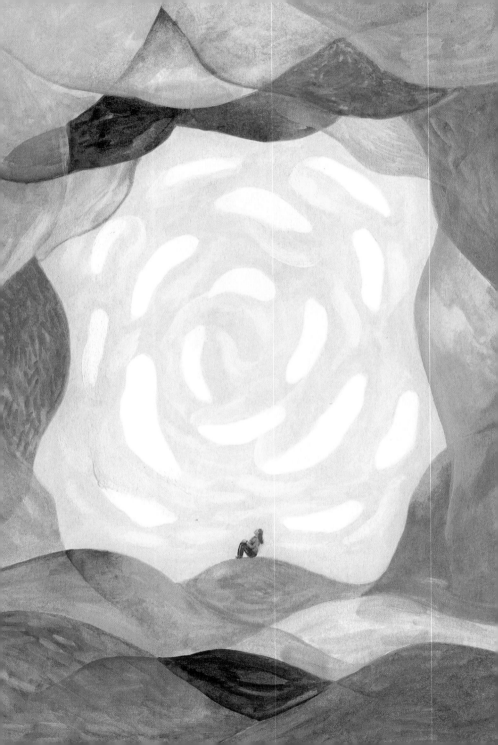

니다. 당신이 좋아하시는 『논어』「학이」편에 나오는 그 유명한 말을 가끔 생각합니다.

배우고 때로 익히면 이 또한 즐겁지 않은가
벗이 있어 먼 데서 찾아오면 이 또한 즐겁지 않은가
남이 날 알아주지 않아도 성내지 않으면
이 또한 군자의 도리가 아닌가

어느 구절 하나 곰곰 생각하면서 미소 짓고 무릎을 치지 않을 것이 없습니다마는, 그 가운데 벗이 있어 먼 데서 찾아오는 즐거움을 제가 지금 누리고 있는 것이지요. 이렇게 가끔, 찾아오는 벗들을 기다리는 시간을 가지는 것만으로도 저는 행복하지요. 행복합니다.

어제는 정원에 앉아 밤하늘에 펼쳐지는 별들의 향연을 바라보았어요. 그 아름다움을 어떻게 말로 표현할 수 있을까요. 유성이 떨어져 내리는 것도 한 일곱 개쯤 세어보았지요. 서울은 에어컨을 켜고도 쉽게 잠들지 못한다는데 어제 저는 털 잠

바를 입고 맥주를 마셨어요. 두 시가 좀 넘자 동쪽에서 아름다운 그믐달이 맵시 좋은 곡선으로 떠올랐어요. 만화영화에 나오는 듯한 환상적인 밤하늘 모습이었습니다. 잔디 위에 돗자리를 펴고 작은 이불까지 가지고 나와 아이들과 나란히 누워 있었지요. 이 세상에 나와 저 은하수들만이 있는 듯한 밤이었습니다. 사방은 완벽한 고요였으나 별들이 내는 음악 소리가 들려오는 듯 저는 이상한 신비 속에 잠겨 있었습니다.

서울에서의 분주한 일상이 멈추어지자 고독이 저를 돌아보게 합니다. 내 맘속에서 폭발해 나와 나의 육체까지 뒤흔들어 놓을까 봐 건드릴 수도 없었던 기억들도 조금씩 아물어갑니다. 이래서 한적한 곳으로 가라고 선인들은 말씀하셨던가요? 고독 속에서 자연 속에서 우주의 소리 속에서 치유받으라고 말입니다. 아직 자신은 없지만, 이런 고요 속에서 이제는 가끔씩 행복하다고 느낍니다.

저는 이제 한 봉우리를 내려와서 더 높은 봉우리로 오르고 있는 그런 기분입니다. 요즘은 무슨 나쁜 일이 생기거나 일이 꼬이면 이렇게 생각하는 버릇도 생겼습니다. 아아, 뭔가 내 생애에서 아주 좋은 일이 시작되려고 하는구나, 하고. 그 일이 내게 좋은 일이니까 시작부터 이렇게 마귀가 방해하는구나, 하고. 이번에 암스테르담에서 가방을 잃어버리고 아는 사람 하나 없는 처음 보는 그 넓기만 한 공항에 서서 그런 생각을 했더랬죠.

나이를 먹어 좋은 일이 많습니다. 조금 무뎌졌고 조금 더 너그러워질 수 있으며 조금 더 기다릴 수 있습니다. 무엇보다 저 자신에게 그렇습니다. 이젠, 사람이 그럴 수도 있지, 하고 말하려고 노력하게 됩니다. 고통이 와도 언젠가는, 설사 조금 오래 걸려도, 그것이 지나갈 것임을 알게 되었습니다. 내가 틀릴 수도 있다고 문득문득 생각하게 됩니다. 사랑이라는 이름으로 학대가 일어날 수도 있고, 비겁한 위인과 순결한 배반자가 있다는 것도 알게 되었습니다. 사랑한다고 꼭 그대를 내 곁에 두고 있어야 하는 것이 아니라는 것도 알게 되었습니다.

그런데 J, 그대가 저를 부르시면 어떻게 하죠?

사랑을 잃고 나는 쓰네

잘 있거라, 짧았던 밤들아

창밖을 떠돌던 겨울 안개들아

아무것도 모르던 촛불들아, 잘 있거라

공포를 기다리던 흰 종이들아

망설임을 대신하던 눈물들아

잘 있거라, 더 이상 내 것이 아닌 열망들아

장님처럼 나 이제 더듬거리며 문을 잠그네

가엾은 내 사랑 빈 집에 갇혔네

— 「빈 집」, 기형도

고통의 핵심

별로 아는 것은 없지만 그저 그림을 좋아하는 저는 해외여행을 할 때면 놓치지 않고 미술관들을 돌아보곤 했습니다. 유화들을 실제로 보고 난 첫 느낌을 말하라고 하기에 평면예술인 줄 알았던 회화가 실은 입체적인 것이고 따라서 삼차원 예술이었네요, 하고 말했더니 동행하셨던 분들이 한참 웃으셨던 기억도 납니다. 고흐의 그림을 처음 봤을 때는 저렇게 두껍게 물감을 썼으니 동생 테오가 얼마나 고생스러웠을까, 뭐 이런 엉뚱한 생각도 들었습니다.

어릴 때는 도서관에 앉아 일본 화집들을 야금야금 아껴 보면서 돈을 많이 벌면 꼭 이런 책들을 가지고 싶다, 라고도 생각했습니다. 그림 하나가 사람을 오래도록 숨죽여 울게 만들 수 있다는 것을 안 것도 그때였습니다. 지금도 저는 일 년 동안 전 세계 미술관들을 천천히 찾아다니고 싶다는 희망을 간직하고 있습니다.

그러니 지난여름 북동유럽을 여행할 때 오슬로까지 그 긴 길을 버스와 배를 갈아타고 찾아간 것이 뭉크 때문이었다 해도 과언은 아닙니다. 입센과 뭉크가 없다면 오슬로는 제게 아무것도 아니었을 것이기 때문입니다.

그런데 뭉크의 미술관에 들어가 그의 그림들을 보고 있는데 갑자기 현기증이 나기 시작했습니다. 뭉크가 표현한 검은 물속에 빨려 들어가는 것처럼 저는 몇 시간 동안 그 전시장을 빠져나올 수 없었습니다. 뭉크의 마음이 제 머리에 파이프를 대고 있는 듯한 착각은 미술관을 돌아보는 내내 이어졌습니다.

저는 그림을 보고 있는 것이 아니라 그를 빨아들이고 있는 것 같았습니다. 그의 절망과 그의 황폐와 그의 적막과 그의 비명과 그의 무기력, 평생 그런 느낌은 처음이었습니다. 그의 그림들을 보고 있는 순간, 나는 그를, 이렇게 말해도 좋다면, 이해할 수 있었던 겁니다. 그의 그림들이 제게 말을 걸어왔던 걸까요? 전시장을 돌며 그의 그림들을 바라보고 있는 동안, 가만히 제게 속삭이는 소리가 들리는 것 같았습니다. 아니지요, 그가 내게 속삭인 것이 아니라 혼잣말로 중얼거리는 것을 제가 들었다는 표현이 옳을 것입니다. 저는 최대한 마음을 침묵시키며 강제하다시피 귀를 기울여야 했고 하는 수 없이 그것을 견뎌야 했습니다. 그러자 나는 그와 오래도록 알고 지낸 것 같았습니다. 고독과 자폐와 소통의 부재. 그것이 그의 영혼에 뿌리를 박고 그의 뇌혈관 하나하나를 터뜨리고 이리저리 비틀며 자라는 모습이 나를 엄습해왔습니다. 말하자면 손쓸 사이도 없이 덮쳐왔던 것입니다.

마지막으로 노란 벽을 배경으로 선 그의 사진 앞에 서서, 뭉크가 오래도록 죽음의 공포에 사로잡혀 있었듯이 저는 그에게 사로잡힌 듯 움직일 수가 없었습니다. 어떻게 여든 살까지 당신은 살 수가 있었나요, 겨우 나는 묻고 있었습니다. 그건 너무나도 가혹한 형벌이었겠지요, 라고도 묻고 싶었습니다. 그가 했던 가장 위대한 일은 아마도 이 그림들이 아니라 자살에 실패하고 그 오랜 시간을 버틴 일 같기도 했습니다.

밖으로 나왔을 때 북구답지 않은 청명한 햇살이 정원을 비추고 있었습니다. 꽃들이 만발한 뜨락은 정갈했고 아름다웠지요. 저는 미술관 뒤 모퉁이로 돌아가 약간 토했습니다. 여행을 할 때면 언제나 사던 화집도 사지 않았습니다. 그저 끔찍했습니다. 저런 고통의 잔해들을 걸어놓고 예술이라고 말하는 행위가 잔인하게 느껴졌습니다. 오슬로까지 비싼 차비와 일정을 들여 온 것이 지독하게 후회되었고, 누군가를 너무 가까이에서 들여다본 벌을 받는 것 같은 그런 기분이었습니다.

예술가에게 고통은 무엇일까, 하는 오래된 의문이 내내 저를 따라다녔습니다. 언어를 질료로 하는 소위 예술이라는 것을 직업으로 삼고 있지만 고통과 고독의 문제는 내내 저를 괴롭히고 있었으니까요. 그것으로 밥을 먹고 그것으로 형상을 빚고 그것에 의지해 내 영혼이 자라고 있는데 그래도 늘 괴로운 것입니다. 할 수만 있다면 당연히 피하고도 싶었습니다.

J, 당신은 나를 두고 얼토당토않다고 말하시지 않는군요. 어떤 사람들은 이렇게 말할지도 모릅니다. 엄살이 심하시군요. 처음에 저는 저 자신을 많이 질책했습니다. 엄살이 심한 것이 아닐까 하고 반성하고 고치려고 노력했지요. 그러다가 알게 되었습니다. 추위에 강한 나무가 있고 더위에 강한 나무가 있듯이, 물이 많아야 하는 나무가 있고 물이 적어야 하는 나무가 있듯이, 우리는 모두가 다른 존재라는 것을 말입니다. 그러고 나자 저는 저 자신을 미워하지 않을 수 있었습니다.

어떤 사람들은 오뉴월 실크보다 보드라운 미풍이 어떻게 신열에 들뜬 인간의 육체를 갈퀴보다 아프게 할퀴고 갈 수 있는지 모릅니다. 하물며 신열을 유전자 속에 새겨 태어난 사람들에게는 그렇게 튼튼하고 상식적이어서 잔인해지는 존재들이 두렵습니다. 가끔 그런 자들이 미술을 논하고 예술을 논하면서 하는 말 또한 끔찍한 불행을 던지지요.

J, 왜 우리는 예술가들이 남긴 고통의 잔해들을 보고 서 있어야 하나, 하는 생각이 다시 떠올랐습니다. 거의 모든 이들의

병을 고치는 고마운 페니실린 주사에 혼자 쇼크를 일으켜 죽음에 이르는 항생제 과민반응 환자들의 기록들을 말입니다.

저는 아직도 그 이유를 모릅니다. 그러나 한 가지는 압니다. 언젠가 소설에 쓴 구절이기도 하지만 예술가라는 존재들은 낚싯대의 찌처럼 춤을 추는 존재들이라는 것을 말이지요. 우리 눈에는 보이지 않는 어두운 물속에서 물고기가 1밀리미터쯤 미끼를 잡아당기면, 혼자서 그 열 배 스무 배로 춤을 추어서 겨우 물고기가 1밀리미터쯤 잡아당기고 있다는 사실을 알려야 하는 그 우스꽝스러운, 대개는 그 빛깔이 화려한 그 찌 같은 존재들이라는 것을, 그래서 우리가 알고도 피하고 모르고도 피하고 무서워서도 피하는, 생의 가지가지 모든 고통들이 실은 인생의 주요 질료라는 것을 알려주는 그런 존재라는 것을.

아무리 상식적이고 아무리 튼튼한 사람도 생의 어느 봄날 한 번쯤 오뉴월의 훈풍에 아파서 울 때가 있는 것이니까요. 마치 혼자서만 세상 밖으로 내동댕이쳐진 것같이 외로울 때도 있는 것이니까요. 그럴 때 너만 그러는 것은 아니야, 하고 다가

가는 그런 존재들이 바로 예술가들이라는 것을. 그리고 그건이 자본주의와 세계화와의 효율과는 아무 상관도 없는 일이지만, 우리가 여전히 삶을 택하게 하고 인간이게 하는 가장 중요한 일이라는 것을. 오스카 와일드의 말대로 우리는 모두 한번쯤은 예수와 함께 엠마오로 걸어가야 하는데, 그럴 때 바로오래도록 아픈 숙명을 유전자에 지니고 사는 예술가들이 그와 함께 그 길을 걸어준다는 것을.

저는 기형도를 생각하면 늘 뭉크를 함께 떠올리고 맙니다.

근심으로 가득 차

멈춰 바라볼 시간이 없다면

그것이 무슨 인생이랴

…….

한낮에도 밤하늘처럼 별들로 가득 찬

시냇물을 바라볼 시간이 없다면

미인의 눈길에 돌아서서 그 아름다운

발걸음을 지켜볼 시간이 없다면

눈에서 시작된 미소가

입가로 번질 때까지 기다릴 시간이 없다면

가련한 인생이 아니라 근심으로 가득 차

멈춰서 바라볼 시간이 없다면

— 「멈춰 서서 바라볼 수 없다면」, 윌리엄 헨리 데이비스

느리고 단순하고, 가끔 멈추며

　　　　J, 서울이라는 도시는, 아니 수
도권이라는 이 일대는 하나의 국가와도 같다는 생각이 가끔
듭니다. 약속 장소까지 가려면 대개는 한 시간이 걸리고 마니
까요. 내가 사춘기를 모두 보냈던 여의도도 그렇게 먼 곳이라
어른이 된 이후에는 거의 가본 일이 없었습니다. 어쩌다가 그
곳에 간다 해도 방송국에서 빨리 일을 보고 올림픽대로로 진
입해 집으로 돌아오는 것이 고작이었지요. 제가 살던 어린 시
절에는 아파트 몇 개만 삐죽하고 줄장미가 무성한 고즈넉한

동네였는데 이제는 고층 빌딩이 숨 막히게 들어선 곳이 되어 별로 돌아보고 싶지도 않은 게 사실이었습니다.

태어난 이래로 공사하지 않는 길 한번 보지 못했고 일 년 만에 가보면 새로운 빌딩 하나 서지 않은 곳이 없으며 예전에 자주 가던 가게는 흔적도 없는 곳이 우리나라이고 보면, 그리 낯설거나 서러운 일은 아니었습니다. 우리나라는 호박 덩굴처럼 뻗어가는 나라인 것 같지요?

그런데 며칠 전 여의도에 갔다가 차가 하도 막혀서 멈춰 서 있던 일이 있었습니다. 가까운 지인들이 아니라 인사차 만나던 분들과의 약속이라 마음은 몹시 다급했지만 차는 움직일 생각도 하지 않았습니다. 이럴 때 제가 해야 할 일은 하나뿐이지요. 받아들이는 것입니다. 그렇다고 마음이 편하지만은 않아서 전화로 양해를 구하고 앉아 있는데 저만치서 제가 짝사랑하던 그 사람이 살던 아파트가 보이는 것이었습니다. 그리고 그 옆 동은 친하게 지내던 선배 언니가 사는 곳, 그 옆 동은 우리 집이었던 곳, 눈이 많이 내리던 내 생일날 밤, 갑작스러운 전화를 받고 달려 나갔던 놀이터, 얼음보다 차가운 그넷

줄을 붙들고 앉아 그 사람의 이야기를 듣고 있었던 기억……. 그러자 중고등학교 시절이 떠올랐습니다.

지금 생각하면 약간 우습기도 한데 촌스러운 사춘기의 소녀가 늘 그렇듯이 그 시절 일기장에는 '혼자 어디론가 멀리 갔으면 좋겠다, 그것도 기차를 타고'라는 말이 수도 없이 쓰여 있었습니다. 멀리 갔으면 좋겠다, 까지는 이해한다 쳐도 거기에 왜 꼭 기차를 타고, 라는 말이 붙었는지 아직도 알 수 없는 일이기는 합니다.

하지만 저는 겉으로는 하는 수 없는 모범생인 데다 속으로는 부모님 품을 떠나기만 하면 불을 뿜는 용이 기다리고 있는 줄 아는 겁쟁이였으므로 차마 그런 짓을 할 수가 없었습니다. 그래서 가끔씩 학교가 끝나면 일없이 종로로 나갔다가 거기서 전철을 타고 대방역까지 왔지요. 1호선 전철이 지상으로 나와 한강을 건널 때 대개는 해가 지던 그 시간, 멀리 노량진에 간간이 켜지던 멀고 따뜻했던 불빛들. 사물이 가장 차분하게 제자리를 찾는 그 시간에, 고단한 사람들 모두가 고개를 떨구고 있는 1호선 전철 안에서 기차 비슷한 전철 창문에 이마를 기대고 서 있었습니다. 해지는 강물의 황금빛을 바라보고 있으면 내가 멀리멀리 가고 있는 것 같았습니다. 가방을 싸서 거기에 책 몇 권과 옷가지를 넣고 간다, 멀리멀리 간다……. 하지만 열차가 대방역에 도착하면 무거운 가방을 들고 집으로 걸어왔습니다. 종각에서 대방역까지 걸리는 시간이 한 15분쯤 되었을까요. 그래도 그 시간은 제게 아주 소중했고 저의 대책 없는 가출 충동을 완화시켜주는 장치였을 것입니다. 저는 그 뒤로도 곧잘 그렇게 버스를 타고 종로까지 나갔다가 다시 전철을 타고 대방역으로 돌아오곤 했습니다.

그 뒤로 국내여행을 할 때나 해외에서 장소를 이동할 때 저는 언제나 기차를 탑니다. 처음 유럽에 갔을 때, 프랑크푸르트 역사의 그 동굴 같은 느낌은 오래전부터 익숙한 듯 느껴졌습니다. 지금도 여행을 꿈꿀 때는 기차를 타는 내 모습을 그립니다. 지난번에는 취재차 유럽에 갔다가 유럽의 역 간판 앞에 서 있었습니다. 출발이라는 표시가 된 간판 앞에 부다페스트, 프라하, 빈, 나폴리 같은 아스라한 도시의 이름들이 쭉 쓰여 있었는데, 그 순간 내 앞에 제일 먼저 도착하는 열차를 타고 준

비도 되어 있지 않고 가본 적도 없는 그 도시를 향해 떠나고 싶은 충동이 참을 수 없이 일었답니다. 말하자면 프랑크푸르트 역에서 제일 먼저 도착하는 프라하행 열차를 타고 가서 정처 없이 머문 다음, 프라하 역에서 제일 먼저 도착하는 열차를 타고 이를테면 나폴리로 간다, 내 의지와는 상관없이 마치 바람에 흩날리는 보헤미안들처럼 그렇게 정처 없이 떠돌고 싶은 그런 충동. 저를 배웅하러 역에 나와 있던 유학생 후배에게 이런 여행은 어떻겠냐고 물으니, 후배는 거의 자지러지며—왜냐하면 자기도 그렇게 하고 싶어서—언니, 너무 많이 나갔어, 하더군요.

그때 후배가 언니 그러자, 지금 떠나버릴까 했대도 떠날 수는 없었겠지만, 결국 우리는 재미없는 이별을 하고 저는 수첩에 적혀 있는 다음 행선지로 이동했던 기억이 있습니다.

가끔 잠 안 오는 밤에 좋아하는 여행 책을 펴놓고 혼자서 가보지 않은 그 도시들을 그려봅니다. 배고프고 잠 안 오는 밤에 요리책을 보듯이 그렇게 말이지요.

꿈꾸는 것, 그것이 이루어지든 그렇지 않든, 그 상상 속에서 저는 가끔씩 행복을 느낍니다. 덜컹덜컹 단조로운 기차 바퀴의 파찰음이 심장의 고동처럼 들리고 그 단조로움으로 우리는 편안해집니다.

J, 기차는 종이책과 닮아 있다고 저는 생각합니다. 사실 오래되고 얼마간은 비효율적이지요. 그래도 그것은 우리를 편안하게 하고 생각하게 만듭니다. J, 저는 이제 느리고 단순한 것들을 사랑하고 싶습니다.

'혼자 어디론가 멀리 갔으면 좋겠다, 그것도 기차를 타고.'

우울에 잠기며, 홀로 외로이 육교를 건너간다. 일찍이 그 무엇에도 타협하지 않고, 그 무엇에도 안이하지 않던 이 하나의 감정은 어디로 가야 하나. 석양은 지평에 나직하고, 환경은 분노에 타고 있다. 모든 것을 증오하고, 분쇄하고, 반역하고, 조소하고, 참간(斬奸)하고 적개하는, 이 하나의 검은 그림자를 망토에 감싼 채, 홀로 외로이 육교를 건너간다. 저 높은 가공의 다리를 건너, 아득한 환등의 시가지까지.

— 「육교를 건너다」, 하기와라 사쿠타로

조금 더 많이 기도하고
조금 더 많이 침묵하면서

　　　　　그래도 말해야 한다고, 이야
기해달라고 하시면 저는 말할 수밖에 없습니다만, 그 무렵의
내 삶을 어떻게 설명할 수 있을까요. 아무튼 나중에 돌아보
니까 저는 그 무렵 오래도록 거울을 보지 않았습니다. 아마
머리를 빗거나 할 때 잠깐 들여다는 보았겠지만 저는 제 얼
굴을 피하고 있었습니다. 사진도 찍지 않으려고 애썼습니다.
왜냐하면 내 얼굴은 내가 아는 그 얼굴이 아니었기 때문입니
다. 그때처럼 저 자신과 마주치기 두려웠던 때가 또 있을까

요? 나는 그 마주침을 결코 달가워하지 않았으며 심지어 두려워하고 있었습니다. 눈초리는 올라가고 광대는 튀어나오며 얼굴은 거뭇해져 갔습니다. 눈가에 새까만 기미가 덮이기 시작한 것도 그 무렵이었습니다. 나중에 돌아보면 그 시기를 이런 단어로 묘사할 수도 있을 것 같습니다. 증오와 혼돈과 무지. 참을 수 없이 솟아올라 나를 더욱 비참하게 만들었던 내 안의 살의(殺意).

요즘에 가끔 지옥이란 어떤 곳일까 생각해보면 아마도 그런 곳이 아닐까 하는 생각을 합니다. 그런 의미에서 지옥은 전혀 공간의 문제는 아니라고 말씀하신 어떤 신부님의 말씀을 저는 이해할 수 있습니다. 당시에도 저는 서울에 살고 있었고 비슷한 술집에서 비슷한 술을 마셨습니다. 비슷한 옷을 입고 기르거나 짧거나 비슷한 머리 모양을 하고 있었습니다. 이념을 위해 신을 버리고, 청춘을 바쳤던 이념도 잃고 그리고 그때 나는 내 곁에 있는 한 사람을 죽이고 싶어 하고 있었습니다. 미아가 된 우주인처럼 끝도 없는 공간과 시간 속을 부유하고 있는 것만 같았습니다.

그러나 그것도 가끔 제정신이 언뜻 들 때 그런 생각을 했다는 것이지, 기자들을 만나 인터뷰할 때면 또랑또랑한 목소리로 나는 아주 명확한 의식을 가지고 잘 살고 있는 사람처럼 굴었습니다. 페미니스트로서도 그랬고 이념을 버리지 않은 좌파 지식인으로서도 그랬고 소설의 사회적 기능에 대해 이야기할 때도 그랬습니다. 말하자면 거짓투성이, 가증스러운 나날이었습니다.

어느 날 제가 힘들 때마다 제 이야기를 들어주던 선배가 집으로 찾아왔습니다. 선배의 손에는 노트 크기만 한 꾸러미가 들려 있었습니다. 선배는 남편을 따라 지방으로 내려가야 했으므로 말하자면 제게 작별을 하러 온 것이었습니다. 잠시 이야기를 나누고 돌아설 때 선배의 눈에 어리던 그 연민과 경멸의 빛을 나는 아직도 잊지 못합니다. 얼굴이, 눈빛이, 웅변보다 설교보다 더 큰 말을 할 수 있다는 것을 그때 아프게 깨달아야 했지요. 선배가 돌아간 후 그 눈빛의 의미를 애써 지우려 하며 꾸러미를 풀자 노트만 한 탁상용 거울이 나왔습니다. 조금 충격이었지요. 저는 선배가 말로 다 하지 않은 이 선물의 의미를 하는 수 없이 생각하고 말았습니다.

그 거울을 책상에 놓아두고 멍하니 앉아 있으면 거울 속에서 불안하고 날카로운 여자가 보였습니다. 차마 그걸 더 이상 바라볼 수 없었지만 그렇다고 그 거울을 치우지는 못했습니다. 치울 기력도, 그럴 만한 쇄신의 의지도 없었다는 것이 아마 더 맞는 이야기일 수도 있겠습니다.

책상 앞에 놓인 그 거울 때문에 글을 쓰다가 어쩔 수 없이 가끔 거울을 들여다보기 시작했습니다. 마음에 들지 않더군요. 그래도 가끔씩 날 바라보고 있는 그녀를 바라보았습니다. 책을 읽다가도 들여다보고 멍하니 앉아 있다가도 들여다보았습니다. 그 시간이 점차 길어지기 시작하더군요. 그러자 희한하게도 어떤 목표가 생겨나기 시작했습니다. 증오심으로 올라간 저 눈이 다시 예전의 눈초리로 가라앉기를 바랐고 거뭇한 기미가 엷어지기를 기도하기 시작한 것입니다. 증오로 번득이던 눈이 생기로 빛나기를 바라며 혼자서 표정을 지어 보이기도 했습니다. 삶의 좌표를 잃었다고 생각했던 날부터 거울 속의 그 여자를 경멸하고 미워하고 있었지만 그 여자를 예전의 모습으로 돌려놓고 싶은 갈망이 생겨난 것도 사실이었습니다.

이상한 일이 일어나기 시작했습니다. 점차로 여자의 눈초리가 가라앉고 있었습니다. 여자의 피부도 조금씩 흰빛을 찾고 있었습니다. 다이어트에 성공하는 사람처럼 저는 그 일이 재미있어지기 시작했습니다. 마음을 다스릴 수 있다는 모든 책을 찾아 읽었고 정신분석과 심리학 책들을 찾아 밤새워 읽었습니다. 내가 왜 이렇게 변했는지 말해줄 수 있는 거라면 무슨 책이라도 다 읽어치우겠다는 심산이었습니다. 어쩌면 오기였는지도 모르지요. 억지로라도 거울을 들여다보며 나는 그래도 다시 너를 사랑하고 싶어, 라고 이야기하기도 했습니다. 어쩌다가 이렇게 되었니, 너는 원래 이런 사람이 아니었잖아, 하고 말하며 정신 나간 여자처럼 혼자 중얼거리기도 했습니다. 눈물은 아직 나오지 않았으니까요.

아마 그때 저는 하기와라 사쿠타로의 뒤를 따라 허망의 육교 위를 걷고 있었는지도 모릅니다.

우체국 창구에서

나는 고향에 보내는 편지를 썼다.

까마귀처럼 영락해서

구두도 운명도 닳아 떨어졌다.

매연은 하늘에 자욱하고

오늘도 아직 일자리는 찾지 못했다.

는 그의 시를 천천히 읽어 내려가던 나날이었습니다.

지금도 책상 위에 탁상용 거울이 놓여 있습니다. 글을 쓰다가 혹은 책을 읽다가 그도 아니면 속상할 때 거울을 들여다봅니다. 눈초리가 잘 정돈되어 있는지, 눈빛이 혹여 미움이나 불안으로 번득이고 있지는 않은지. 만일 이상한 느낌이 들면 약속을 줄이고 마음속으로 침잠합니다. 조금 더 많이 기도하고 조금 더 많이 침묵하려고 노력합니다.

이제 헤어지다니, 이제 헤어져

다시는 만나지 못하게 되다니

영원히 끝나다니, 나와 그대

기쁨을 가지고, 또 슬픔을 지니고,

이제 우리 서로 사랑해서 안 된다면

만남은 너무나, 너무나도 괴로운 일,

지금까지는 만남이 즐거운 일이었으나

그 즐거움 이미 지나가버렸다

우리 사랑 이제 모두 끝났으면

만사를 끝내자, 아주 끝내자

나, 지금까지 그대의 애인이었으니

몸을 굽혀 새삼스레 친구일 수야 없다

— 「사랑한 뒤에」, 존 시먼즈

사랑한 뒤에

　　　　　　　　　　　　　　　J, 그대가 보내주신 손수건을
받았습니다. 고운 면의 감촉이 어여뻐서 몇 번이나 잘 접어 제
볼에 대어보았습니다. 이별의 뜻은 아니라고 당신은 몇 번이
나 말씀하셨지요. 그런데 왜 손수건이 이별의 선물인지 혹여
당신은 아시나요?

　예전에 트윈폴리오라는 듀엣이 부르던 노래 〈하얀 손수건〉
도 헤어지자고 하얀 손수건을 보내오는 것으로 시작하는데,
나중에 생각해보니 울면서 가라는 이야기가 아닌가 싶어서

좀 우습기도 하고 고개가 끄덕여지는 점도 있고 그랬습니다. 눈물이 날 테니까 닦아라, 라는 의미도 있지만 비약하면 네가 울지 않고 배기나 보자는 고차원적 복수(?)가 아닐까요. 소월의 시 「진달래꽃」을 생각해봐도 나 보기가 싫은 것도 아니고 '역겨워서' 가는 님에게 진달래꽃을 뿌려주겠으니 '사뿐히 즈려밟고' 가라는 말은 요즘 아이들이 좋아하는 '쿨'을 넘어서 엽기(?)에 가까운 것이 아닌가 싶은 생각이 듭니다. 말이 사뿐히 즈려밟고지 사실은 그 꽃잎을 짓뭉개고 가야 하는 것이잖아요. 더구나 붉은 그 꽃잎이 밟히면 나오는 빨간 진액을 생각하면 가는 사람 입장에서는 차라리 가겠다는 사람 뺨을 때리는 것이 나은 게 아닌가 하는 생각이 드는 것은 저만의 공상인가요?

요즘은 당신이 보내주신 그 손수건을 가지고 다닙니다. 몇 년 만인지 모르겠어요. 곰곰이 생각해보니 그동안은 자동차 안에 널린 게 주유소에서 주는 휴지라 굳이 손수건이 필요하지 않았고, 손수건으로 땀을 닦거나 할 만큼 무언가를 위해 뛰어본 적도 없고, 집 밖에 나가 눈물을 흘릴 만큼 감성적인 삶을 살지도 않았다는 이야기도 되더군요. 이번 여름 다시 지니고 다니게 된 손수건. 약속 장소에 조금 일찍 도착해 친구를 기다리고 있다가 더워서 꺼낸 손수건엔 그러나 생각보다 많은 친구들의 얼굴이 떠오르고 있었습니다.

여자 친구들의 손수건은 언제나 학교의 화장실 수돗가 같은 것과 연관이 있었고, 또 그건 대개 핸드백에서 꺼낸 것이라서 기억이 좀 평이하긴 합니다. 문제는 누런 손수건, 많이 빨아서 풀기는 다 날아가고 별로 비싼 것도 아니고, 그런데 따뜻했던 손수건이 떠오른 것이지요. 그것은 대개 남자 친구들의 손수건인데 남자들의 손수건은 대개 바지 호주머니에서 꺼내지는 것이라서 체온이 묻어 있기 십상이지요. 아주 오래전 새벽 무렵, 어떤 술집에서 난데없이 울고 있는 저에게 건네졌던 그 손수건이 떠올랐습니다.

십 년도 더 된 어느 겨울날, 남들 앞에서 웬만하면 그런 기억이 없는데 그날은 어느 순간 제가 울기 시작했던 것 같습니다. 다른 사람도 그러는지 모르겠지만 저는 한번 울면 눈보다는 코에서 물이 더 많이 흘러내리는 편이라 그날 그가 건넨 손수건을 들고 "코도 풀어도 돼?" 하고 물었던 것 같습니다. 울고 있는 여자한테 "코 푸는 건 절대 안 돼!"라고 할 남자는 없겠으니 그 역시 그러라고 했던 것인데, 헤어질 때까지 제 울음이 그치지 않는 바람에 저는 콧물로 범벅이 된 그 손수건을 집으로 가지고 왔습니다. 집으로 와서 고마운 마음에 그 손수건을 잘 빨아서 다림질까지 해서 돌려주려고 했는데, 대체 그게 누구의 것인지 생각이 나지 않는 것이었어요.

술 취해 울던 기억을 공개하며 이거 나한테 준 사람 손 들어봐요, 할 수도 없었고 나와 함께 술을 마신 사람이니까 내 주변 사람이긴 한데, 손수건을 건네던 손만 떠오르고 그게 누군지 떠오르지 않는 것이었습니다. 그래서 하는 수 없이 그 손수건을 제 서랍에 그냥 넣어두고 말았지요.

어릴 때 저와 함께 방을 쓰던 언니가 울고 있던 기억이 납니다. 중학생인 저에게 너 술 마실래? 하고 묻더군요. 가만히 고개를 끄덕였더니 포도주를 한 잔 따라주었습니다. 그러고는 트윈폴리오의 노래를 틀었지요. 〈하얀 손수건〉이었던 것 같습니다. 당시는 그 노래가 전국에서 울려 퍼지던 시절이었으니까요. 언니가 잠든 다음 언니의 책상을 지나가는데 낙서에 이런 구절이 쓰여 있더군요.

우리 사랑 이제 모두 끝났으면
만사를 끝내자, 아주 끝내자.
나, 지금까지 그대의 애인이었으니
몸을 굽혀 새삼스레 친구일 수야 없다.

언니가 누구하곤가 헤어졌구나, 생각했지요. 헤어진 다음 이런 구절을 써놓은 것이 어린 마음에 멋있었습니다. 아주 끝내버리는 것 말입니다. 왠지 깔끔하고 쿨하고 멋있게 보였던 것이지요. 그런데 훗날 저는 이 구절 때문에 정말 좋은 남자 친구들을 많이 잃게 됩니다. 애인은커녕 그런 기미만 보여도 안 돼, 하고 매정하게 혼자서 오버를 해버렸으니, 친구들하고 그만 서먹해져버린 거지요. 설사 그가 애인이었다 해도 애인이었던 사람이 친구가 되면 안 된다고 누가 법률로 정해놓은 것도 아닌데 말입니다. 헤어진 옛 애인과 친구가 되고, 이혼한 남편과 친구가 되는 것…… 그것이 왜 그렇게 어려운 일인지 모르겠습니다. 저도 아직 해내지 못하고 있으니까요. 관계가 더 악화되기 전에 그대가 나쁜 사람이어서가 아니라, 단지 내 애인이나 남편으로서 그 역할에 맞지 않아서 헤어지는 것이 성숙한 이별이라고 심리학자들은 말하더군요. 처음에는 좀 무책임한 것이 아닌가 생각했습니다만, 성숙이라는 말에는 동의했습니다. 만사를 끝내버리는 것, 깨끗이 구질구질하지 않게 끝내버리는 것, 이것이 제가 좋아하는 것이었는데 이제는 그런 저 자신을 되돌아보게 됩니다. 다른 건 몰라도 인간관계에서 그것은 좋은 일이 아닐지도 모른다는 생각을 하게 된 것이지요. 잘못을 저지를 때마다 한 사람씩 친구를 잘라버린다면, 그러니까 '몸을 굽힐 수가 없어서, 아주 끝내버린다면' 우리 곁에 남아 있을 사람이 과연 몇이나 될까요.

봐줘라, 좀 봐줘, 라는 말은 어머니가 제일 많이 쓰시던 말씀이었습니다. 서로 봐주니까 우리는 살아 있는 거라고, 그런 게 가족이고 친구고 사랑이라고 어머니는 늘 말씀하셨습니다. 그런 어머니를 저는 별로 달가워하지 않았습니다. 정의도 없고 교훈도 없는 것 같아서 말입니다. 그런데 어느 순간 저는 어머니의 말씀을 다시 생각하고 있습니다. 봐주는 거, 친구끼리 사랑하는 사람끼리 가족끼리 아니면 그냥 사람끼리 서로 봐주는 거…… J, 그대가 언제나 제게 너그럽듯이, 제 잘못을, 제 모욕을, 제 모진 말들을 언제나 너그러이 받아주듯이 말이지요.

J, 말하지 못했습니다만, 제가 얼마나 감사하고 있는지 아셨으면 합니다. 몸을 굽혀 언제나 저를 너그러이 이해해주시던 그대. 우리가 설사 먼 훗날 둘만의 사랑을 몰래 간직한 그런 인연으로서가 아니라도 J, 나는 그대와 친구하고 싶습니다.

만일 그대가 원한다면
나 그대에게 드리렵니다
아침, 그토록 상쾌한 아침과
당신이 좋아하는 빛나는 내 머리칼과
푸르고 금빛 나는 내 눈을

만일 그대가 원한다면
나 그대에게 드리렵니다
따스한 햇살 비치는 곳에서
눈 뜰 때 들려오는 온갖 소리와
분수에서 들리는
흐르는 물줄기의 아름다운 소리를

마침내 찾아들 석양노을과
쓸쓸한 내 마음으로 얼룩진 저녁
조그만 내 손과
당신 가까이에
놓아드리고 싶은 나의 마음을

— 「선물」, 기욤 아폴리네르

봄

　　그대를 만나러 가는 길에 봄볕 속에 서 있는 나무들의 연한 빛 가느다란 가지들이 곧 터질 것처럼 부풀어 오른 것을 보았다고 말했는데, 돌아오는 길에 길 양쪽 산 위의 나무들은 이미 그 부푼 봄을 터뜨리고 있었습니다. 아직 다 연두로 변하지는 않았지만 산은 이미 어린 양의 털처럼 몽실거렸고 길가의 산수유는 기어이 노란빛을 터뜨리고 서 있었지요. 기어이 피어났구나, 하는 생각이 들면서 제가 정말 몇 년 만에 맞는 봄인지 가늠하기가 힘들었습니다.

이제야 봄을 예전의 그 봄으로 느끼는 것 같았습니다. 제게 봄날을 되돌려준 당신, 고맙습니다.

그날 이후 모든 사물들이 예전처럼 각을 세우고 다가옵니다. 그걸 느끼려고, 다시 그런 감성을 가져보려고 눈을 부릅뜬 채로 집중해야 했는데, 이젠 길거리에 그런 감성들이 널려 있습니다. 신기하고 감사했지요. 이렇게 새벽에 일어나 터져 나오는 언어들을 내 그물에 가두려고 기도도 미룬 채 책상 앞에 앉기는 얼마 만인지, 이런 날들이 다시 올 거라고 생각이나 했었는지요. 그러니 이 봄이 제게 얼마나 사무쳐와서 수많은 언어들로 화해질지, 기대되고 실은 또 걱정됩니다.

J, 그러니 제가 당신을 사랑해도 될까요?

워털루 브리지에서, 우리 작별 인사를 나누었네
날씨 탓에 내 눈에 눈물이,
검은 모직 장갑으로 나 그것을 닦으며
알리지 않으려 애썼지, 나 사랑에 빠졌음을

워털루 브리지 위에서 나 생각하려 애썼네
별일 아니야 술 때문에 기분이 좋아진 거야
그런데 내 속의 주크박스에서는 노래가 흘러나오더군
그건 좀 다른 거였어. 언제부터 잘못된 걸까?

워털루 브리지 위 바람은 머릿결을 스치는데
나는 줄넘기하고 싶었어. 넌 바보야, 그럼 어때?
머리는 최선을 다하지만 마음이 주인
나는 그걸 알고 말았지, 다리를 반쯤 건너기도 전에

— 「점심 식사 후」, 웬디 코프

머리는 최선을 다하고 있지만 마음이 주인

비가 내리고 있습니다. 시골집의 물받이를 통해 흘러내린 빗물이 현관 앞으로 모여와 돌돌 돌 흘러내립니다. 아이들은 장화를 신고 우산을 하나씩 들고 정원에서 놀고 있습니다.

사람이 일생에서 가장 많이 잃어버린 경험을 한 단일품목이 아마 우산이 아닐까 싶습니다. 한 이십 년 전 〈잃어버린 우산〉이라는 노래가 크게 유행한 것을 보면 누구에게나 그런 기억이 있고 그 기억이 단순히 비나 우산이라는 물건 자체에 국

한된 것은 아닌 것 같습니다. 바람이 거세게 불 때 찢어지던 푸르스름한 비닐우산은 아마 지금은 민속 박물관에서나 볼 수 있을까요?

비가 오는 날이면 먼저 학교로 떠난 형제가 제일 좋은 우산을 가지고 가버려 하루 종일 원망하던 기억도 있고, 엄마 심부름으로 구두와 우산을 수선해주는 아저씨에게 우산을 가져다준 기억도 있습니다. 학교를 마칠 무렵 쏟아지는 장대비, 그런 오후에 엄마들이 아이들에게 모두 우산을 가지고 오고, 혼자만 맨 나중에 조용해진 학교를 쓸쓸히 빠져나오던 기억도 누구에게나 있을 것입니다. 그건 꼭 쓸쓸하기만 한 기억은 아닐지도 모릅니다. 중학교 때던가 거의 폭우에 가까운 비가 쏟아지는데 친구 여섯 명쯤이랑 그 빗속을 신나게 비를 맞으며 달려가던 기억, 하얀 교복 블라우스랑 검정 치마랑 머리카락이 대책 없이 비에 젖었는데 옆 학교 남학생들이 휘파람을 불던 기억.

대학 2학년 때던가, 짝사랑하던 선배로부터 어느 날 연락이 왔습니다. 그 선배는 그때 이미 대학을 졸업하고 직장에 다니던 중이었는데 아마 무슨 부탁을 하려고 나를 만나자고 했던 것 같습니다. 지금은 우드 앤드 브릭이라는 곳으로 바뀐 광화문 크라운 제과 앞에서 그를 기다리고 있는데 갑자기 비가 쏟아지기 시작했습니다. 선배는 약속보다 많이 늦고 있었습니다. 날씨도 추웠고 힘도 들어서 집에 가려고 하는데 그가 오는 것이 보였습니다. 그날 그는 자기가 가지고 온 우산을 제게 씌워 주었습니다. 희한하게도 둘이 머리만 겨우 가리는 그 작은 공간에 둘이 들어서자 그와 내가 특별한 지붕 아래라도 들어온 듯 가슴이 쿵쿵 뛰었습니다. 우산을 가지고 오지 않은 것이 너무 잘한 일 같았고 비도 절대로 그치지 말았으면 했습니다. 그리고 함께 걷는 그 길도 더 길었으면 싶었습니다.

그런데 그 선배는 늦어서 미안하다면서 길거리의 양품점에 들어가더니 우산을 하나 고르라고 했습니다. 아무리 괜찮다고 해도, 아무리 집에 예쁜 우산 많다고 거짓말을 둘러대도 그는 억지로 꽃무늬가 자잘한 하늘색 우산을 사주고야 말았습니다. 우산을 선물 받고 그렇게 슬프기는 그때 이후로는 아마 없을 것입니다. 선배는 그날 그렇게 갔지만 나는 그게 너무 소중해서 비가 오는 날마다 우산을 펴며 그를 생각한 적이 있었습니다. 그렇게 그 우산을 애지중지 아끼며 지내다가 그해 여름 폭풍이 몰아치던 울진 앞바다 어느 작은 여관에 그 우산을 놓고 오고 말았습니다. 우산을 놓고 왔다는 것을 깨달았을 때는 우리가 이미 강릉 방향의 버스를 타고 난 다음이었지요. 혼자라도 버스에서 내려 그 우산을 찾아오고 싶은 마음이 일어서 한참을 망설이던 기억이 지금도 선명합니다.

여전히 비가 내리던 그날 저녁, 저는 함께 여행 갔던 친구들에게 민박집에서 술을 한잔 냈습니다. 우산에 얽힌 기억을 말하라고 하기에 그럴듯하게, 그러니까 소설을 써댔지요. 친구들이 모두 멍해져서 제 이야기를 듣고 있었던 것을 보면 그때부터 이미 소설을 잘도 써댔던가 싶기도 합니다. 그러고는 그때 유행하던 〈잃어버린 우산〉이라는 노래도 불렀던 것 같습니다. 안개비가 하얗게 내리던 밤, 으로 시작하는 그 멜랑콜리한 노래.

그 선배는 다시 만나지 못했지만 그 후로도 가끔 옛 노래가 흘러나오는 카페에 앉아 있다가 〈잃어버린 우산〉이 흐르면 그

날이 생각납니다. 그 선배의 얼굴이랑, 울진의 폭풍 치던 바다
랑, 우산을 두고 나왔던 그 여관의 현관이랑, 그런 것들…….

J, 무엇을 잃어버리는 일이 꼭 나쁜 일은 아니겠지요. 기억
위로 세월이 덮이면 때로는 그것이 추억이 될 테니까요. 삶은
우리에게 가끔 깨우쳐줍니다. 머리는 최선을 다하고 있지만
마음이 주인이라고.

진정한 외로움은 언제나 최선을 다한 후에 찾아온다

이 사랑
이토록 격렬하고
이토록 연약하고
이토록 부드럽고
이토록 절망하는 이 사랑

대낮처럼 아름답고
나쁜 날씨에는 나쁜 날씨처럼 나쁜
이토록 진실한 이 사랑
이토록 아름다운 이 사랑

이토록 행복하고
이토록 즐겁고
어둠 속의 어린애처럼
무서움에 떨 때에는
이토록 보잘것없고
한밤에도 침착한 어른처럼
이토록 자신 있는 이 사랑

다른 이들을 두렵게 하고
다른 이들을 말하게 하고
다른 이들을 질리게 하던
이 사랑

― 「이 사랑」, 자크 프레베르

한 덩이의 빵과 한 방울의 눈물로
다가가는 사랑

       J, 한때는 사랑을 하지 않게 하기 위해 심장을 무디게 하기 위해 무던히도 노력했었습니다. 누군가 물으면 대답했지요. 나는 그런 감정의 소모가 싫거든요, 하고. 그리고 평화롭다고 생각했지요. 아무도 나를 더 이상 상처 주지 못할 거라고. 감정의 철갑을 두르고 의기양양해 하기도 했던 것 같습니다. 누군가에게 마음을 주고 다친 영혼을 절뚝이는 친구들을 보며, 음, 넌 아직 어리구나…… 뭐 이런 생각도 했음을 고백합니다.

그러고는 떨어지는 낙엽을 보거나 서녘 하늘에 드리워진 살구빛 노을을 바라보았습니다. 참 좋더군요. 마음이 아프지도 않고 아스라하지도 않고 담담했지요. 나쁘지 않았습니다. 그런데 다시 글을 쓰기 위해 오랜만에 돌아와 책상 앞에 앉아보니 아무 생각도 떠오르지 않고 그저 멍했습니다. 창밖을 바라보아도 하늘은 하늘이고 노을은 노을이며 이파리들은 그저 녹색이었습니다. 내가 원하는 대로 그 하늘과 그 노을과 그 이파리들은 담담했으나 대체 이게 무슨 일인지 알 수 없어 몹시 당황스러웠습니다. 오랜 시간 책상 앞에서 한 자도 쓰지 못한 채 앉아 있었습니다. 정말이지 몇 달을 그저 앉아 있어야 했던 것입니다.

그런데 무디어진 것은 사랑에 대해서뿐만이 아니었습니다. 생각해보니 제가 지난 칠 년 동안 글만 침묵한 게 아니라 온몸의 모든 감각을 침묵시키고 있었던 것 같습니다. 저는 기억력이 좋은 편이라서 나중에 글을 쓸 때면 영화를 돌리듯 지나간 때를 묘사할 수 있었습니다. 그런데 지난 칠 년 동안의 제 인생 어느 한구석도 기억이 나지 않았습니다. 아니 기억이야

났지만 박제가 되어버린 듯 형체만 남고 생명은 사라진 것 같은 그런 느낌. 그 사이의 제 생이 모두 이차원의 밋밋한 흑백 사진으로 바뀌어버린 것만 같았습니다. 마감은 닥쳐오고 저는 평생 처음으로 저 자신에게 당황하고 있었습니다. 많이 무서웠습니다. 아무에게도 말할 수 없었지요. 다시는 어떤 것도 쓸 수 없을 것만 같아서였습니다.

네, J…… 조금 아팠습니다. 몸도 지치고 모든 것에 의욕이 사라지고. 이러면 안 되겠다 싶어서 일부러 찬물에 가서 수영하고 돌아와 뜨거운 물로 샤워하고 그러다가도 안 되겠어서 혼자 앉아 있다가 조금 울곤 했습니다. 신기하게 눈물을 약간만 빼고 나면 마음이 좀 나아지고 그랬습니다. 마치 체했을 때 손가락을 따서 피 조금 흘리면 괜찮은 것처럼. 이유도 없고, 이해할 수도 없는 일…… 마음속에 새로운 큰 갈등이 생긴 것도 아닌데…….

생각해보니 내 몸과 마음이 나락으로 떨어지는 듯한 증상은 어쩌면 당연한 것 같기도 합니다. 진작 몸 밖으로 나왔어야 할 어둠들이 이 단조로운 생활을 통해서 겨우 밖으로 나오나 하는 생각도 듭니다. 이곳 시골집에서의 여름 나기가 이런 도움을 줄 줄은 몰랐습니다. 좀 더 단조로운 생활을 해야겠다는 생각도 들고, 한적한 곳으로 가야 인간이 가진 마음의 찌꺼기들이 밖으로 잘 나오게 하셨나 싶기도 했지요.

어떤 책을 읽다보니까 토머스 머튼의 이런 글을 인용해놓았더군요.

영적인 삶은 사랑이다. 사람들은 타인들을 보호하거나 도와주거나 선행을 베풀기 위해 사랑하는 게 아니다. 우리가 누군가를 그렇게 대한다면 그건 그를 단순한 대상으로 여기고 자기 자신을 대단히 현명하고 관대한 사람이라고 착각하는 것이다. 그것은 사랑과는 전혀 무관하다. 사랑한다는 것은 타인과 일치하는 것이고, 상대방 속에서 신의 불꽃을 발견하는 것이다.

그러니까 저는 제 안의 신의 불꽃을 꺼버림으로써 마음의 눈을 멀게 한 것입니다. 처음으로 저의 오만을 인정했습니다. 세상은 이토록, 이라고 부를 수 있는 사랑을 해보지 않은 사람과, 그런 것들을 기꺼이 버려낸 사람으로 한번 더 나누어질 수 있지 않을까, 그런 생각도 들었습니다. 아이든 이성이든 가여운 이들이든 혹은 강아지든, 사람은 사랑 없이 살아가서는 안 된다는 것을 깨달았지요. 사랑하지 않으면 죽어 있는 것이라는 것도 알았습니다. 그리하여 나의 글쓰기가 이토록 사랑하는 마음과 연결되어 있음을 알게 되었습니다. 그러니까 글쓰기는 살아 움직이며, 끊임없이 상처받고 치유하고 있는 영혼을 질료로 삼는다는 걸 알았다는 말입니다.

J, 보잘것없는 저에게 사랑을 허락해주셔서 감사합니다. 당신이 저를 떠난다 해도, 저는 다시 누군가를 사랑할 것입니다. 이것이 변덕스러운 사랑의 갈피라고 오해하지 말아주시기 바랍니다. 나의 사랑을 기다리고 있는 수많은 사람들이 이 세상에 있다는 것을 저는 이제 압니다. 한 조각의 사랑과 한 덩어

리의 빵만으로도 기쁨의 눈물을 흘리는 사람들을 나는 많이 알게 되었습니다. 그리고 그들에게 나의 사랑이 필요하듯이 내가 진정으로 살아 있기 위해 나 역시 그들의 사랑이 필요합니다. 그들이 있음으로 인해 저는 홀로인 것이 두렵지 않습니다. 그러므로 나는 당신을 더 많이 사랑할 수 있는 것입니다.

하지만 J, 당신이 허락하신다면 나는 당신과 그들을 언제까지나 함께 사랑하고 싶습니다.

언젠가 내가 너를 잃어버릴 때
너는 잠들 수 있을까? 보리수 화환처럼
내가 네게 속삭여주지 않는다 해도?

내 여기서 깨어 앉아
눈꺼풀처럼, 네 가슴에
네 손발에, 네 입에
이야기를 얹어주지 않는다 해도,
네 눈을 감겨주고 나서
한 무더기의 멜리사 풀과 별 모양의 아니스 풀이
가득한 정원처럼
너를 너의 것만으로 놓아두지 않는다 해도

— 「자장가」, 라이너 마리아 릴케

잠 안 오는 밤

　　　　　　　　　　이런 자장가를 들으면 오싹해
야 하는데 J, 실은 당신에게 이런 자장가를 듣고 싶습니다. 너
무나도 듣고 싶습니다. 그대가 내 머리칼을 쓸어내리고 그대
가 내 귀를 만지작거리며 작게 등을 토닥이면서 낮게 속삭이
는 노래를 듣고 싶습니다.

　소나기 지나간 자리에 흙과 풀들이 몸을 섞은 냄새들이 가
득 피어오르는 여름밤, 박하향의 허브 냄새들이 풍겨오는 정
원으로 난 창을 활짝 열고 누군가 내 머리를 쓰다듬으면서 이

렇게 잘 재워줬으면, 하고 생각합니다.

　오늘같이 잠 못 이루는 밤이면 J, 나는 그 사람이 당신이면 좋겠습니다.

그대가 내 머리칼을 쓸어내리고

그대가 내 귀를 만지작거리며

작게 등을 토닥이면서

낮게 속삭이는 노래를 듣고 싶습니다.

눈보라가 먼지를 일으킨다, 그리고 운다
하염없이 눈물을 흘린다
적자색의 노을이 피어난다
너는 떠나갔다
나는 아무 말도 하지 않았다
그러나 안개는 누워 있었다
냉엄한 남빛으로 누워 있었다

태초부터 우리는 혼자였다
우리는 주위로부터 외면당한 채
우리는 하나뿐인
우리는 멀리 있는
친구, 멀고 먼
그리고 고독
너의 길
우리는 결코 서로에게 돌아오지 않으리!

— 「깊은 생각」, 안드레이 벨르이

진정한 외로움은
최선을 다한 후에 찾아왔습니다

J, 괜찮으신가요? 어제 우리는 사람들 사이에서 대취했지요. 저 역시 오랜만에 기분 좋은 취기에 몸을 맡겨버렸습니다.

누구에게나 소주를 처음 먹었던 기억이 있을 것입니다. 소주를 처음 먹게 한 사연도 있을 것입니다. 소주를 처음 먹고 일어났던 갖가지 화학적이고 물리적인 반응의 기억도 갖고 있을 것입니다. 그리고 그것은 대개 한 인간이 청춘이었을 무렵의 일이었을 것입니다. 생각해보면 우리를 위로해주는 것이 그리 많지는 않습니다. 마음이 평화로운 이들은 떠오르는 밝은 해나 불어가는 바람결에도 위로를 받겠지만 마음속 고통의 압력이 몹시 높아져서 어떻게든 그것을 빼내주지 않으면 안 된다고 스스로 느낄 때, 저는 자주 소주 생각을 합니다. 맥주도 아닌 와인도 아닌 위스키도 아닌 소주라는 그 투명한 액체를. 그것은 대개 작은 잔에 담기고 어떤 음식과도 어울리며 대체로 소박한 무대를 필요로 하고 어떤 복장과도 어울리니까요.

1996년이 가던 어느 날, 지금 돌아보아도 그때처럼 힘든 시절은 없었던 것 같습니다. 그 후로도 객관적으로 힘든 일들은 많이 일어났지만 주관적이고 객관적인 사정을 다 합쳐보면 그때가 제일 힘들었습니다. 그때 처음으로 한 일간지에 연재소설을 쓰고 있었습니다. 주거가 일정치 않아 늘 노트북을 들고 다니며 홍콩이랑 일본이랑 해인사 어름 어디선가 원고를 쓰고 있었지요. 그해가 갈 무렵 겨우 집을 얻어 아이와 둘이 살게 되었습니다. 모든 인연을 끊고 나 자신과의 인연마저도 끊고 싶다고 생각하며 하루하루를 보내던 시간들. 내 인생 하나 감당하지 못하면서 소설이랍시고 남의 인생 이야기를 이리저리 지어내야 하는 자신이 싫었습

니다. 그러나 약속은 약속이었으니까 나는 계속해서 써 내려갔습니다. 그때 나를 살린 것이 그 약속된 글쓰기가 아니었나 싶은 생각도 가끔은 듭니다. 몇 번이나 연재를 중단하고 사막 가장자리로 도망가 사라지고 싶었지만 어쨌든 나는 그 글을 끝냈습니다.

12월 31일자까지 쓰고 난 12월 26일 밤, 시계를 보니 두 시 반이 넘어 있었습니다. 밤이라고 하기에도 부정확하고 새벽이라고 하기에는 너무도 어두웠던 시간. 아이는 잠들어 있고 사방은 조용했습니다. 누구에겐가 전화를 걸어 나 해냈어, 나 그래도 해냈어, 라고 어리광을 부리면 사랑하는 누군가가 그래 잘했다, 참 잘했어, 라고 말하는 걸 듣고 싶은 생각이 참을 수 없이 일던 그런 밤이었습니다. 그런데 두 시 반에 전화를 걸어도 좋은 사람이 없었습니다. 그렇게 구체적으로 외로운 시간은 처음이었습니다.

잠도 오지 않고 배도 고파 냉장고를 뒤적이는데 찬장 속에 먹다 만 소주 반병이 보였습니다. 남아 있는 소주를 작은 잔에 따랐지요. 무언가 가슴속 깊은 곳에서 바닥을 치고 있었습니다. 외로움에 대한 공포였을 것이고, 쓸쓸함이 그 끝으로 내려가 스스로 끝장을 내는 소리 같기도 했지요. 혼자 있다는 것에 대한 자각의 절정. 저 자신에게 말했습니다. 잘했어, 참 잘했어.

그렇게 밤을 보낸 후, 저는 다시는 그런 감정과 접해보지 못했습니다. 그런 비슷한 순간이 또 있었겠지만 뭐랄까, 그때 그 소주 반병으로 강력한 예방주사를 맞았다고나 할까요? 그 후로는 혼자여도 무섭지 않았습니다. 쓸쓸함과도 친구가 되었습니다. 참 이상한 경험이었습니다.

그러나 J, 되돌아보면 진정한 외로움은 언제나 최선을 다한 후에 찾아왔습니다. 그것은 자기 자신의 본질을 직시하지 않으려고 이리저리 거리를 기웃거리는 외로움과는 다른 것입니다. 자신에게 정직해지려고 애쓰다 보면 언제나 외롭다는 결론에 다다릅니다. 그런데 신기한 것은 그럴 때 그 외로움은 나를 따뜻하게 감싸줍니다. 친구가 말했습니다. 당하면 외로움이고 선택하면 고독이라고. 우리는 한참 웃었습니다만 외로우니까 글을 쓰고, 외로우니까 좋은 책을 뒤적입니다. 외로우니까 그리워하고 외로우니까 다른 사람의 고통을 이해합니다. 어떤 시인의 말대로 외로우니까 사람입니다.

J, 그래서 저는 늘 사람인 모양입니다.

물레방아처럼 울어라

네 영혼의 뜰에 푸른 약초가 돋아나리니

누가 너를 위해 울어주기를 바란다면

지금 울고 있는 자에게 자비를 베풀어라

누가 너에게 자비 베풀기를 바란다면

약한 자에게 자비를 보여주어라

— 「물레방아처럼 울어라」, 루미

물레방아처럼 울어라

　이제는 저도 압니다. 물레방아
처럼 울고 나면 그 눈물 뒤에 무언가 새롭고 푸른 어떤 것이
돋아나곤 했다는 것을. 한때는 저 자신이 얼마나 가련한 인
간인지 알지 못했고 따라서 울지도 못했고 모든 것이 나 아닌
다른 사람들의 탓이라고 생각할 때 실은 그것이 가장 불행했
던 순간이었다는 것을. 그 뒤에는 파릇한 어떤 것도 피어나지
않았다는 것을.

　이슬람 신비주의 수피교파의 시인 루미는 그렇게 제가 물레

방아 같을 때 말을 걸어옵니다.

때로 우리를 돕고자, 그분은 우리를 비참하게 만든다
물이 흐르는 곳이면 어디든지
생명이 피어난다
눈물이 떨어지는 곳이면 어디든
신의 자비가 드러난다

당신은 저를 아시니, 제가 그럴 때마다 당연히 싫어요, 싫어요, 나는 성장하기도 싫고 파릇하기도 싫어요, 그것이 고통 뒤에 오는 것이라면 싫다구요! 하고 떼를 썼을 거라고 짐작하실 것입니다. 그러던 어느 날 내가 떼를 써도 소용없다는 것을 알게 되었지요. 어린 시절 예방주사를 맞으러 갈 때마다 동네 소아과 사람들을 경악시켰으나 이제는 순순히 겁에 질린 팔뚝을 내미는 우리 막내처럼 저도 이제는 조금은 컸나 봅니다.

글을 쓴다는 것은 아무것도 없는 곳에서 무언가를 만들어

내는 작업이기에 실은 고통스럽습니다. 이 세상 어떤 직업, 어떤 창조가 고통스럽지 않을 수 있겠습니까마는, 가끔씩 텅 빈 컴퓨터 화면을 들여다보고 있노라면 비빌 언덕이 간절해집니다. 말하자면 누가 맘에 드는 힌트를 주거나 누구의 글을 번역하거나 누구의 글을 고치는 작업을 한다면 참 좋겠다, 생각하는 것입니다

가끔 나도 남편이 벌어다 주는 돈으로 그냥 살아봤으면 하고 생각할 때도 있습니다. 아침에 일어나 아이들 학교 보내고 집 안 청소하고 요리하고 때때로 자기실현을 위해 그림을 그리거나 운동을 다니는 여자들을 오래도록 부러워한 적도 있습니다. 그래서 글 쓰는 일을 거의 중단하고 집에만 틀어박혀 한 오 년을 살았습니다. 그런데 그 아기자기하고 편안할 것만 같은 나날이 생각보다 재미있지 않았습니다. 재미야 붙이기 나름이라고 해도, 내 몸은 자꾸만 길게 누우려고 했고 정신은 긴장을 거부하고 있었습니다. 뭐랄까, 영혼이 반쯤 졸고 있는 것 같았습니다. 어느 날 저는 제 생이 가수면(假睡眠) 상태에 놓여 있는 것을 발견했습니다.

지난해 『별들의 들판』이라는 소설집을 내면서 다시 글을 쓰기 시작한 이후 연이어 『우리들의 행복한 시간』의 취재에 들어갔습니다. 소재가 사형수의 이야기였고 제가 전혀 알 수 없는 곳의 이야기라서 많은 취재가 필요했지요. 평생 처음 보는 사람에게 말 한번 붙여보지 못했던 제가 아무에게나 전화를 걸어 만남을 요청했습니다. 교도소에서 봉사하시는 신부님, 수녀님은 물론이고 교도관, 형사, 검사, 경찰과 의사 그리고 살인 사건의 피해자들까지도 만났습니다. 그들과 그렇게 만나고 집에 돌아와서는 살인 기록들과 공판 기록 그리고 이미 처형당한 사형수들의 자필 수기를 읽었습니다. 용어가 어려운 범죄학과 형법 책도 밑줄을 그어가며 공부했습니다. 무릇 모든 것이 죽음에 관계된 것이어서 한 달 남짓 악몽과 불면증에 시달리기도 했지요. 취재원들에게 듣는 이야기도 모두가 죽음에 관한 이야기여서 시켜놓은 음식은 하얗게 식어가고 그저 소주만 들이켤 수밖에 없기도 했으니까요.

　　아이들과 저녁 한번 제대로 먹을 수 없었고 주말이면 가족과 함께 시간을 보내던 시골집에는 먼지와 벌레와 잡초만 무성했습니다. 왜 내가 이렇게 이 글에 몰두하는지 의식하지도 못한 채 나는 소설을 시작했습니다. 아무하고도 만나지 않았습니다. 친한 친구가 참다못해 전화를 걸어 점심이라도 한번 먹자며 제가 사는 집 근처로 온다는 것도 거절했을 때, 친구는 몹시 서운해하더군요.

저는 그냥 내 기운을 모아 여기 투자하고 싶었고, 혹여라도 그것이 흩어질까 봐 두려웠던 것입니다. 취재와 소설을 위한 만남이 아니고는 딱 두 번 외출한 것이 고작인 채 넉 달이 지났습니다. 그리고 어느 날 새벽 세 시쯤, 나는 소설을 완성했습니다. 칠 년 만의 장편소설이었습니다.

소설의 내용 때문이기도 했지만 마지막 점을 찍는데 눈물이 줄줄 흘러내렸습니다. 하지만 슬픔 때문에 울고 있었던 것만은 아니었습니다. 오랜만에 땀을 흘리고 노동을 하고 난 것처럼 뿌듯했고 기쁜 심정도 있었지요. 내 영혼이 깨어나고 있는 듯한 맑은 기운도 느껴졌습니다. 혼자서, 어쩌면 고독의 극한을 느끼면서 새벽을 맞는 것도 그리 나쁘지 않왔습니다.

아이들은 여전히 이불을 차 내던지고 잠들었고, 창밖으로는 어둠이 내리고 있더군요. 감사의 마음으로 잠깐 기도하고 초를 두 개 밝혀 십자가 앞에 놓았습니다.

언뜻 보면 처량한 광경이 되려나 싶지만, 지난해를 통틀어 제게는 가장 기쁘고 감격스러운 순간이었습니다. 아니, 지난 칠 년을 통틀어 가장 행복한 순간이었습니다. 명료하게 깨어 있는 나 자신을 다시 사랑할 수 있게 되었기 때문입니다.

J, 성장에는 고통이 뒤따른다는 사실이, 인간이 성숙해지기 위해서는 필히 물레방아처럼 많은 눈물이 필요하다는 것이 내게는 여전히 달갑지 않지만 이제는 볼멘소리로 그냥 예, 하게 되었습니다. 그러나 가끔 저 자신에게 묻기도 합니다. 정말 그렇게 울어보았나, 정말 물레방아처럼 온몸으로 울어보았나, 설사 그것이 고귀한 것이 아니라 그저 나 자신의 이기심을 위해서라 하더라도 그렇게 온몸으로…… 온몸으로…….

사랑 안에서 길을 잃어라! 라고 일갈한 루미, 저는 그래서 그의 시집을 놓아버릴 수가 없습니다.

날은 어둡고 쓸쓸하다
비 내리고 바람은 쉬지도 않고
넝쿨은 아직 무너져가는 벽에
떨어지지 않으려고 붙어 있건만
모진 바람 불 때마다 죽은 잎새 떨어지며
날은 어둡고 쓸쓸하다

내 인생 춥고 어둡고 쓸쓸하다
비 내리고 쉬지도 않고
내 생각 아직 무너지는 옛날을
놓지 아니하려고 부둥키건만
지붕 속에서 청춘의 희망은 우수수 떨어지고
나날은 어둡고 쓸쓸하다

조용하거라, 슬픈 마음들이여!
그리고 한탄일랑 말지어다
구름 뒤에 태양은 아직 비치고
그대의 운명은 뭇사람의 운명이니
누구에게나 반드시 얼마간의 비는 내리고
어둡고 쓸쓸한 날 있는 법이니

— 「비 오는 날」, 헨리 워즈워스 롱펠로우

길 잃고 헤매는 그 길도 길입니다

지난주엔 남도로 꽃구경을 다녀왔습니다. 취재 간다는 친구의 차에 무조건 묻어 떠난 것이었지요. 올해는 꽃이 늦어 친구가 취재한다는 산수유는 겨우 면봉만큼 조그만 얼굴을 내밀고 있을 뿐, 희디흰 매화만 흐드러졌습니다. 그곳에 갈 때 우리를 반기는 이원규 시인이 산문집 『길을 지우며 길을 걷다』를 내밀기에 염치없이 날름 받아 무릎에 얹고 박남준 시인의 외딴집 뒷동산에서 아침부터 소주를 마셨습니다. 시퍼런 하늘, 흐드러진 매화나무 그늘에 앉아서 일

행 서넛과 소주잔에 매화 꽃잎을 띄워 마시고 있으려니, 이원규 시인의 말대로 '산그늘에 얼굴을 가리고 펑펑 울기에도 좋고, 죽기에도 좋고, 누군가 태어나기도 좋은 봄날'이었습니다.

집에 돌아오자마자 그 매화 향기가 아쉬워 산문집을 펴 들었습니다. 나와 동갑내기 시인, 칠 년 전 그가 소위 잘나가는 직장을 잃고 꿈을 안고 상경했던 서울도 버리고 가정도 잃은 채 자의 반 타의 반으로 서울을 떠날 때, 거의 완벽했던 혈혈단신의 뒷모습을 기억하고 있는 저로서는 그의 글 하나하나가 예사로이 읽히지 않았습니다. 그는 비정한 서울로 대표되는 자본주의의 쓴맛을 본 촌놈의 대표선수이기 때문입니다. 그렇게 상처 입은 촌놈들의 몸뚱이를 말없이 안아주는 그곳에서 그는 피아골의 단풍나무에게 인터넷 메일을 받습니다.

"나, 절정이야, 혁명도 없이 희망도 없이 나 절정이야."

그리고 밤새 단풍나무와 고스톱을 치면서 '낙장불입, 낙장불입' 속삭임을 듣는 경지에 이르렀더군요. 이 대목을 읽으면 안쓰러웠던 기억은 어느덧 사라지고 질투의 지경에 이르게 되는데, 봄이면 매실주로 시작해서 비파주, 다래주, 어름주를 담그고 거기에 자기가 미워했던 이들의 이름과 그리운 벗들의 이름을 그들은 모르게, 또 알 필요도 없이 새겨 넣었다는 대목에 이르면 이 도시에 사는 나도 창밖에 꽃처럼 피어난 불빛들을 보면서 혼자 가만히 건배를 하고 싶어집니다. 그런 내 마음을 알기라도 하듯, 그는 낮은 목소리로 더 나아갑니다.

잠시 가던 길을 잃었다고 무어 그리 조급할 게 있겠습니까.
잃은 길도 길입니다. 살다보면 눈앞이 캄캄할 때가 있겠지요.
그럴 때는 그저 눈앞이 캄캄하다는 것을 인정하는 것, 바로
그것이 길이 아니겠는지요…… 사실 따지고 보면, 우리는 언제나 너무 일찍 도착했으나 꽃 한 송이 피우지 못했습니다. 그것이 원통할 뿐입니다.

그는 이제 '지푸라기로 다가와 어느덧 커다란 섬이 된' 아내와 지리산을 더 깊숙이 껴안고 삽니다. 지난해에는 도법 수경 스님과 지리산 살리기 생명운동의 일환으로 천 리 길을 걷기 시작했다고 합니다. 삼 년에서 오 년이 걸리는 일이라고 합니다. 그 길을 걸으

며 그는 "밥을 주면 밥을 먹고, 돌을 주면 돌을 맞고, 아프면 아프고, 길을 잃으면 길을 잃고, 술을 주면 술을 마시고, 잠이 오면 노숙의 잠을 자며 돌이켜보면 나보다 더 불행하고 나보다 더 나쁜 놈도 이 세상에 없지만 나보다 더 행복한 사람도 없습니다. 미안하고 또 고맙습니다. 지금 나의 화두이자 희망은 '일어나 걷는 자는 동사하지 않는다' 단 하나의 문장입니다"라고 쓰고 있군요.

나도 그곳에 가고 싶다, 라고 저는 잠깐 생각했습니다. 하지만 왜 가지 못하는가, 라는 반문을 스스로에게 하고 나자 할 말이 없어졌습니다. 누구 말대로 하지 못할 이유는 구백아흔아홉 가지, 할 수 있는 이유는 단 한 가지, 하면 되는 것인데요.

그는 저와 아주 다른 생을 살았습니다. 잠시 서울에 살고, 잠시 문단에 몸을 담았다는 것을 빼면 거의 공통점이라고는 찾아볼 수가 없습니다. 그러나 그는 자신의 생을 껴안았습니다. 가시투성이 너그럽지 않았던 온 생애를 통째로. 그럼으로써 자신의 운명을 뭇사람의 운명으로 만들었다는 생각이 듭니다.

J, 이곳은 서울…… 창밖으로 억장이 무너지는 봄날이 오고 있습니다.

그녀는 그 모든 것을 다르게 생각했었다

항상 녹슨 이 폭스바겐

하마터면 한때 빵장수와 결혼할 뻔했었다

먼저 그녀는 헤세를 읽고 다음에 한트케를 읽었다

이제 그녀는 가끔 침대 속에서 글자맞추기 퀴즈를 푼다

남자들한테는 관심을 두려 하지 않는다

그녀의 마지막 남자친구였던 교수는

항상 얻어맞고 싶어했다

그녀에게는 너무 넓은 녹색의 날염 옷

실내 보리수 위에 앉은 진딧물

원래 그녀는 마술을 하든가 해외로 이주하려 했다

그녀의 박사논문은 「1500년과

1512년 사이에 울름에서 발생한 계급

투쟁과 민요에 나타난 그 자취」

장학금, 새로운 시작들, 그리고

메모지 투성이의 여행가방,

가끔 할머니가 그녀에게 송금을 한다

목욕탕에서의 수줍은 춤, 얼굴을 약간 찡그리며

몇 시간이고 거울 앞에서 하는 오이 마사지

그녀는 말한다, 난 굶지는 않을 거야

그녀가 울 때면 열아홉 살의

처녀처럼 보인다

— 「서른세 살의 여자」, H. M. 엔첸스베르거

모든 것이 은총이었습니다

　　　　　　　　J, 보내주신 편지 잘 받았습니다. 릴케를 인용하며 당신은 말씀하셨지요.

　　사랑이란 무턱대고 덤벼들며 헌신하여 다른 사람과 하나가 된다는 뜻은 아닙니다. 그도 그럴 것이, 아직 깨닫지 못한 사람과 미완성인 사람 그리고 무원칙한 사람과의 만남이 도대체 무슨 의미가 있겠습니까? 사랑이란 자기 내부의 그 어떤 세계를 다른 사람을 위해 만들어가는 숭고한 계기입니다. 그리고 자기 자신을 보다 넓은 세계로 이끄는 용기입니다.

당신의 마지막 구절이 제 마음의 어떤 구석을 건드리고 지나갔습니다. 우리는 이 사랑을 했을까요? 하는 구절 말이지요.

지난 몇 달 동안 마음을 정리하기로 결심했었습니다. 젊은 날, 저는 노력하면 모든 것을 얻을 수 있다고 믿었던 바보였습니다. 공부도 했고, 시도 썼고, 글도 썼습니다. 이국의 언어도 익혀보았고 졸리운 정신을 달래가며 밤늦도록 책상 앞에도 앉아 있었습니다. 그러나 J, 한 가지 몰랐던 게 있습니다. 사람은 노력만으로 되지 않는다는 것을. 그렇습니다. 사람 말입니다. 마음이기도 하고 사랑이기도 한 그 말.

저는 많은 책을 읽었습니다만, 그리하여 슬퍼지고 말았습니다. 책을 덮고, 살아온 모든 생애의 힘을 다해서 오래도록 움켜쥐고 있었던 손을 폈습니다. 내가 움켜쥔 많은 헛된 것들…… 결혼에 대한 집착, 행복한 가정에 대한 집착, 돈에 대한 집착, 명성에 대한 집착, 아이들이 공부를 잘해야 한다는 집착, 그리스도교 신자로서 무조건 참아야 한다는 집착, 심지어 도덕적으로 옳고 착하기까지 해야 한다는 그 끔찍한 집착까지! 그러고 나자 마지막으로 억울하고 가련한 희생자가 되고 싶은 저의 교활한 얼굴이 드러났습니다. 놀라운 일이었지요. 그것은 제가 그토록 경원하던 무책임한 삶의 다른 이름이었으니까요. 제 온몸에서 푸릇푸릇한 녹즙들이 흘러내리는 것만 같았던 나날이었습니다.

J, 이 편지를 읽으며 마음 아파하실 당신을 생각하니 마음이 아픕니다. 당신은 새벽에 일어나 시몬 베유의 글을 읽으며 저를 생각했다고 쓰셨지요.

거짓의 하느님은 고통을 폭력으로 만들고
참된 하느님은 폭력을 고통으로 만든다.

제가 당한 폭력들이 진정한 고통으로 화하기를 당신은 기도하셨음을 압니다. J, 이제는 두렵지 않을 수 있습니다. 가끔 운전을 하고 가다가 신호등이 바뀔 때, 길거리에서 손을 잡고 걸어가는 노부부를 보면 눈물이 용수철처럼 튀어나옵니다. 음악을 크게 틀어놓고 소리 내어 울기 좋은 때입니다. 이제는 운다, 는 행위를 부끄러워하지 않습니다. 난데없이 이다음에 '매 맞는 여성'들을 위해 일해야지, 생각합니다. 더 예쁘고, 더 밝아진 다음에 그곳에 가서 말하고 싶다고도 생각했습니다. 두려워하지 말라고, 부끄러워하지 말라고, 용기를 내어서 다만 여기서 한 걸음만 앞으로 나가보자고.

J, 저를 위해 슬퍼하지 말아주세요. 신이 저를 사랑하시고 제가 진실에 가까이 근접하기를 원하셨다면 고만고만한 행복에 제가 머무르도록 허락하셨을 리가 없다고 생각했습니다. 왜냐하면 우리 모두가 완전을 향해 나아가고자 할 때, 불완전만큼 더 큰 동력은 없기 때문입니다. 저는 오래오래 앓았고 그러나 이제는 회복기에 들어선 환자처럼 담담하고 맑아지고 있습니다. 씩씩해지고 많이 웃을 수 있습니다. 가끔 달리기도 하고 아이들과 자전거도 탑니다.

J, 이렇게 말해도 된다면 말하고 싶습니다. 모든 것이 은총이었습니다.

사랑이란 자기 내부의 그 어떤 세계를

다른 사람을 위해 만들어가는 숭고한 계기입니다.

그리고 자기 자신을 보다 넓은 세계로 이끄는 용기입니다.

꽃 사이 한 병 술,
친구 없이 혼자 든다
술잔 들어 달님을 청하니
그림자랑 세 사람이 된다

달님은 마실 줄을 모르고
그림자는 흉내만 내는구나
잠깐 달님이랑 그림자랑 함께
즐기자 이 봄이 가기 전에.
내 노래에 달님은 서성거리고
내 춤에 그림자는 흐늘거린다

취하기 전엔 함께 즐겁지만
취한 다음엔 각각 흩어지리
영원히 맺은 담담한 우정
우리의 기약은 아득한 은하수

— 「월하독작(月下獨酌)」, 이백

한가하고 심심하게,
달빛 아래서 술 마시기

　　　　　　　누군가 제게 소원을 물으면 사실 할 말이 많습니다. 예전에 세 가지 소원을 말하라는 동화를 읽으면 왠지 가슴이 철렁했었습니다. 평생 그런 일이 일어날 리가 있을까마는, 갑자기 누군가 나타나서 저렇게 묻는데 미리 생각해두지 않으면 코가 길어졌다 짧아졌다, 결국 물 한 동이 얻고 마는 그런 낭패를 보는 게 아닌가 싶어서였습니다. 정말로 신이 다 들어줄 테니 소원 세 가지만 말하라면 아마 신 앞이니까 세계 평화라든가 민족의 평화 통일, 정의가 강물처럼 흐르는 사회 뭐 이런 거창한 것들이 되겠지만, 그것도 진심이 아닌 것은 아니지만, 그냥 소박하게 말해달라고 하면 실은, 그냥 한가하고 심심하게 사는 게 오래전부터 제가 꿈꿔왔던 소망이었습니다.

저는 스케줄 빡빡한 유명인도 아니고 시간 단위로 약속이 있는 사람도 아닙니다. 애 다섯 딸리고 시부모에 시할머니까지 모시는 여자도 아니지요. 그런데 마음은 왜 그리 분주히 돌아가는지, 어떤 때는 지금 여기 살고 걷고 만나고 일하고 떠나고 돌아오고 하는 게 나 맞나 싶어서 우울해지곤 했습니다.

심심하게 앉아 천천히 책상을 정리하고, 옷장 열어서 오래된 옷들을 차곡차곡 개어놓으며, 책장 앞에 서서 곰곰이 생각하면서 처분할 책을 솎아내다가 잊었던 양서를 꺼내 들고 그 자리에서 읽어도 하나도 마음이 바쁘지 않다면 행복할 것 같다는 생각을 그래서 오래전부터 해왔던 겁니다. 철마다 천천히 장을 담가 한가하게 독을 열어보고, 한 주일에 하나씩 맛깔스런 김치 조금씩만 담아내고, 꽃씨 뿌려서 싹 트는 것과 꽃 피는 거 살펴보고, 하루에 한 끼는 신선한 채소와 해물로 한 접시씩 요리해서 맛있게 먹기. 휴대폰은 끄고 예전에 우리가 들었던 좋은 음악을 골라 친구에게 음악 메일을 보내며 잔잔한 일상을 알리는 그런 편지를 쓸 수 있다면 좋겠다고 생각한 것입니다. 그날의 바람결에 관해서라든가, 내리는 비를 맞고 선 가을 나무에 관해서, 밤에 관해서, 별에 관해서, 혹은 언젠가 우리가 밤을 새워 이야기한 오래전의 희망 같은 것을 적어 보내면, 그러면 행복할 수 있을 것 같다고 말입니다.

뒤죽박죽된 CD장을 정리하면서 오래된 노래를 하나씩 들어보는 날, 그게 누군가를 오래 기다리던 겨울날의 기억을 불러내거든 겨울날 그를 기다리며 마셨던 커피를 새로 끓여 마시고, 그 음악이 어떤 사람과 헤어진 후 나를 달래는 밤에 들었던 곡이라면 그대로 거실 바닥에 누워서 그날들의 슬픔을, 이제는 상처가 아물어서 언뜻 감미로워진 상처를 생각하면서 뒹굴거리고, 그런다면 행복할 수 있겠다고.

그러다가 인사 한마디 못하고 헤어진 옛사랑이 생각나거든 책상에 앉아 마른걸레로 윤이 나게 책상을 닦아내고 부치

지 않아도 괜찮을 그런 편지를 쓴다면 좋겠습니다. 그때 미안
했다고, 하지만 사랑했던 기억과 사랑받던 기억은 남아 있다
고. 나쁜 기억과 슬픈 기억도 다 잊은 것은 아니지만 그 나쁜
감정은 기억나지 않는다고, 다만 사랑했던 일과 서로를 아껴
주던 시간은 그 감정까지 고스란히 남아서 함께 바라보던 별
들과, 함께 앉아 있던 벤치와, 함께 찾아갔던 산사의 새벽처럼
가끔씩 쓸쓸한 밤에는 아무도 몰래 혼자 꺼내 보며 슬며시 미
소 짓고 있다고, 그러니 오래오래 행복하고 평안하라고 말할
수 있었으면 좋겠습니다. 정말 그랬으면 좋겠습니다.

> 둘이서 대작하는데 산꽃이 피네
> 한 잔 한 잔 또 한 잔을 마시다 보니
> 나는 취하여 잠이 오니 자네는 가게
> 내일 아침 생각나면 거문고 안고 다시 오게

이백의 「산중여유인대작(山中與幽人對酌)」을 읽으며 밤새
그대와 술을 마셨으면 좋겠습니다. 이제 강원도 산골집에 흰

배꽃이 피었는데, 달은 아직 흰빛을 다 뿌리지 못하고 그저 조그맣게 초승달로 떠 있습니다.

그러나 J, 당신이 언젠가 오실 줄 알기에 저는 충만합니다.

눈물로 빵을 먹어본 적이 없는 이
뒤척이는 밤들을 잠자리에서 일어나 앉아
울며 보낸 적이 없는 이
천국의 힘을 알지 못하니

너희 천국의 힘 우리들 삶 한가운데로 인도하고
가련한 사람들 죄 짓게 만들어
고통 가운데 그를 버려두나니
모든 죄업 지상에서 갚게 함이라

— 「현금 타는 사람의 노래」, 요한 볼프강 폰 괴테

눈물로 빵을 적셔 먹은 후

        지난주에는 한겨레신문사 주최로 단거리 마라톤에 다녀왔습니다. 웃지 마십시오. 당신의 짐작대로 저는 뛰지는 않았지만 그래도 잘 걸었습니다. 장소는 상암 운동장 앞 공원. 평소에 뛰기는커녕 잘 걷지도 않는 게으른 제가 달리기를 하려니까 저보다 주변의 친구들이 더 걱정이었지요. 저 역시 걱정이 안 된 것은 아니지만, 몸살을 된통 앓았던 탓에 뛰는 것은 엄두도 못 내고 겨우 일주일 전부터 하루에 삼십 분씩 걷기를 연습했지요. 그날 아침 걱정된 마음에 일찍 그곳에 도착했습니다. 참 아름다운 경기장이었습니다. 일전에 서귀포 바닷가의 경기장을 보았을 때도 그런 생각이 들었었지요. 하지만 그것보다 더욱 놀라웠던 것은 '상암'이라는 그 지명 때문이었지요.

상암은 나이가 좀 드신 분들에게는 '난지도'라는 이름으로 더 알려져 있는 곳입니다. 난지도. 난꽃 난(蘭) 자에 지초 지(芝) 자를 쓰는 그 아름다운 이름은 사실 제가 아주 어렸을 때는 친척들과 함께 물놀이를 가던 곳이었습니다. 수영을 하고 나오면 종아리에 거머리가 여러 마리 붙어 있던 끔찍한 기억이 있는 걸 보면 그리 더러운 물은 아니었던 것 같습니다. 거머리는 일급수는 아니지만 오염이 심하지 않은 곳에 사는 생물이니까요.

하지만 제가 좀 큰 후에 그곳은 쓰레기장으로 변해버렸습니다. 강북 강변로를 달리면 멀리서부터 풍겨오던 그 악취. 그 악취 더미의 산 아닌 산에서 사람들이 폐지나 재활용품을 주우며 살아가기도 했던 걸 당신도 기억하실 겁니다. 대학교 때는 학교 신문사 기자로 있는 친구들을 따라 그곳의 빈민들을 취재하러 가보기도 했던 곳, 그 쓰레기 더미 속에서 살던 사람들에게는 미안했지만 더러운 것은 둘째고 그 냄새 때문에 며칠 동안 밥도 못 먹던 기억이 있습니다.

그런데 그곳이 너무나 아름다운 공원으로 변해 있었던 겁니다. 달리기 코스를 따라 뛰는데 쓰레기 더미로 쌓아 올려진 산 아닌 산은 나무들로 뒤덮여 있었습니다. 저곳이 정말 쓰레기장이었나 싶어 자세히 보았더니 나무들이 마치 십 년도 더 된 숲처럼 울창하고 윤기가 흐르더군요. 진한 거름기 덕이라고 했습니다. 산 아닌 그 산 꼭대기에는 '하늘 공원'이라는 이름의 공원이 있었습니다. 그리고 그 공원 주변을 도는 달리기 코스는 정말 아름다웠습니다. 멀리 강이 흐르고 소나무 길이 있고 그 한편에는 들꽃들이 흐드러져 있는 곳, 나중에 아이들을 데려가 이곳이 엄마 젊었을 때는 쓰레기 더미였던 곳, 사람들이 근처에도 오지 않으려고 하던 그곳이란다, 하고 말해주기가 어려울 것 같다는 생각도 들었습니다. 아름다운 풍경 앞에서 내 몸은 조금도 힘들어하지 않았습니다. 쓰레기 더미가 서울에서 가장 아름다운 공원으로 변한 신비 때문이었을까요.

제가 아는 젊은 신부님은 동기 분들과 함께 스스로를 '쓰레기들의 모임'이라고 부르신다고 했습니다. 너무 심한 거 아니냐고 물으니 "아니죠, 다만 우리는 재활용 가능한 쓰레기, 아침마다 재활용되는 그런 쓰레기들이지요" 하셨습니다. 재활용되는 쓰레기…… 제가 처음 회심했을 때 지난날의 잘못 때문에 슬퍼하는 절 두고 어떤 목사님은 이렇게 말씀하셨습니다. "지영 씨가 지금 부끄러워하는 그날들도 하느님께서는 가장 아름다운 나날들로 바꾸어주실 겁니다"라고.

서울 시민들의 온갖 오물을 말없이 받아들이던 곳, 가난한 자들에게 아주 작지만

그 잉여를 나누어주던 곳, 세상에서 가장 더러웠던 곳, 가장 멸시받았던 그 땅이 썩고 썩어서 기름진 숲으로 변한 모습을 보자, 부활이라는 말이 그렇게 거창한 말이 아닐 수 있다는 것이 새삼 가슴에 다가왔습니다. 혼자서 괜히 신비롭고 감사했습니다.

J, 이 세상에서 더럽혀지고 낮아지고 모욕받는 모든 것들의 이름으로 저는 잠시 기도했습니다. 그곳의 공원의 이름은 '하늘 공원'. 하늘 공원은 하늘에서가 아니라 이 땅, 가장 더럽고 누추했던 곳에 세워진 것입니다.

그는 어느 작은 마을에서 한 농촌 여성의 아들로 태어났다.

그는 또 다른 마을에서 자랐는데 그곳에서 30세가 될 때까지 목수로 일했다.

그러고 나서 3년 동안 그는 방랑하는 설교자가 되었다.

그는 결코 책을 쓴 적이 없다. 사무실을 연 적도 없었다.

결코 가족이나 가정을 가지지 않았다. 대학에도 가지 않았다.

그가 난 곳에서 300킬로 이상 밖으로 여행한 적도 없었다.

거대함과 관련된 그 어떤 것도 성취한 적이 없었다.

여론이 그에게서 등을 돌렸을 때 그는 겨우 서른세 살이었다.

그의 친구들도 그를 버렸다.

그는 적들의 손에 넘겨졌고 그들은 재판에서 그를 조롱했다.

그는 두 도둑 가운데에서 십자가에 못 박혔다.

그리고 그가 하느님께 왜 자기를 버렸느냐고 물으면서 고통에 휩싸여 있을 때

그를 고문한 자들은 유일한 소유물인 그의 옷을 놓고 제비를 뽑고 있었다.

그가 죽었을 때 한 친구가 묘를 빌려서 그곳에 그를 매장했다.

20세기가 지나갔지만 오늘 그는 우리 세계의 중심인물로 자리잡고 있다.

그는 인간 변화에 있어서도 결정적인 요인이다.

행진해갔던 어떤 군대도

항해했던 어떤 해군도

회의를 했던 어떤 국회도

지배했던 어떤 왕도

이 모든 권력을 다 합쳐도 그의 이 고독한 삶만큼

지상에 존재하는 사람들의 삶을 바꾼 것은 없었다.

— 「전환과 복종을 위하여 나자렛 예수를 기억하다」, 호세 곤잘레스 하우스

공평하지 않다

가끔 내 인생을 바꾸어놓는 구절들이 있어서 저는 책을 사랑하고 있는지 모르겠습니다. 며칠 전 펴 든 책에는 이런 구절이 있었습니다.

그렇다. 세상은 공평하지 않다. 그러나 당신이 이 사실을 받아들일 때 당신의 생은 놀랍게 변할 것이다.

저라는 인간은 얼마나 멍청한지 모든 사람이 실은 그렇게 행복하지 않다는 사실도 모르고 이 세상 모든 불행이 나에게만 쏟아진다고 생각해왔습니다. 만일 신이 제게 "그래, 아무나 지적해보아라. 누구처럼 살고 싶으냐?" 묻는다면 내가 손가락으로 가리키고 싶은 그러한 표본이 내게 있는지 생각해보게 된 것입니다. 놀랍게도 책이나 위인전 속이거나 하다못해 여성지에 나오는 연예인 중에서도 '하느님, 나 꼭 저렇게 살고 싶어요' 하고 싶은 표본이 제게는 없었다는 것을 알게 되었습니다. 그렇다면 제가 생각하던 그 행복은, 그래야 마땅하다고 생각하던 그 삶은 대체 이 세상 어떤 사람이 살다 간 그런 삶이었을까요? 저는 언뜻 제 삶이 그 궤도를 서서히 비틀기 시작하는 소리를 듣는 듯도 했습니다.

J, 그대에게 고백해왔지만 오랫동안, 대체 왜 나에게만 이런 일이 일어나는 것일까, 하는 생각을 하며 살았습니다. 하필이면 왜 납니까, 하며 마음속으로 여러 번 소리쳐야만 했던 날들이 수없이 많았습니다. 그런데 어느 날 오랫동안 소식이 없었던 친구를 보게 되었습니다. 저와 같은 학교를 나와서 어린 시절 친구였던 남자와 결혼을 한 그 친구. 참하고 현명하고 아

름다웠던 그녀는 사법시험에 합격한 남편과 결혼해서 저와는 전혀 다른 삶을 살고 있었습니다. 한마디로 적당히 예쁘고 적당히 집안 좋고 적당히 현명한 사람이 되어버려서 이제 저와는 너무도 다른 삶을 살고 있다고 저 혼자 생각해버린 그런 친구였습니다. 그래서 우리는 서서히 할 말이 없어져갔고 멀어져버렸습니다. 저는 맘속으로 얼마간 그녀를 경원하기도 했을 것입니다. 세상이 가르치는 모범생의 표본처럼 사는 네가 내 고통을 알기나 하니, 하고 말입니다

그런데 어느 날 그녀를 텔레비전에서 보게 된 것이지요. 유명 인사로서가 아니었습니다. 자폐증에 걸린 아들을 위해 변호사인 남편과 떨어져 아이를 데리고 시골 분교로 이주한 한 엄마로서였습니다. 우연히 보기 시작한 프로그램에서 저는 눈을 떼지 못했습니다. 그 친구를 밟고 지나갔을 고통의 세월과 어미로서 그것과 싸우는 어떤 처연한 빛이, 이제는 나만큼 나이가 들어버린 그녀의 얼굴에 어리고 있었습니다.

텔레비전을 끄고 잠시 어둠 속에 앉아 있었습니다. 무슨 영문인지 자세히 떠오르진 않았지만 그녀에게 한없이 미안했습

니다. 그러고는 나 자신에게 물었지요. 너는 저 아이를 보면서 '왜 나에게는 저런 불행을 주시지 않았나요?'라고는 묻지 않는 지. 그 친구에게 누가 되지 않도록 조심하면서 말을 하는 게 허락된다면 나는 차라리 내가 원망했던 나의 고통을 받았던 것이 다행이기도 한 것 같았습니다. 그녀에게 질문을 한다면 그녀는 무어라고 대답할까요. 어쩌면 그녀 또한 지영이가 겪은 것보다는 그래도 내 고통이 차라리 나아요, 하고 대답할지도 모른다고 생각하자 그 와중에도 웃음이 나왔습니다.

내가 남들보다 예민하고 내가 남들보다 감정의 폭이 격렬하다는 것을 받아들이는 데 오랜 세월이 걸렸습니다. 말하자면 세상에는 남들이 잘 안 쓰는 피아노 건반의 가장 낮은 옥타브까지 모두 두드리며 사는 부류들이 있는데, 제가 그 부류에 속한다는 말이지요. 그래서 글도 쓰고 그래서 남들 표현 못하는 것을 표현하는 줄 알면서도 가끔은 그것이 참 원망스러웠습니다. 왜냐하면 생애 동안 우리는 대개 낮은 건반을 두드리는 일이 높고 경쾌한 건반을 두드리는 일보다 많기 때문입니다. 그러나 그 사실을 그냥 인정해버리자 저는 저 자신을 비로소 얼마간 용서하고 받아들일 수 있었습니다. 내 마음을 아프게 한 친구에게 "그러지 마, 이건 진짠데, 난 남들보다 더 많이 아파해" 하고 담담하게 말할 수도 있게 된 것입니다.

책을 백 권 읽으라는 벌은 내게는 전혀 벌이 아니지만, 누군가에게는 거의 형벌이 될 수도 있을 것입니다. 백 킬로미터를 행군하라는 것이 내게는 가혹한 형벌이지만 누군가에게는 즐거운 산책이 될 수도 있을 것입니다. 우리 둘째 아이에게는 나가서 사람들하고 즐겁게 사귀며 놀라는 말이 엄마가 내리는 벌이지만 우리 딸아이에게는 신나는 일이 된다는 것을 깨달은 것도 부끄럽지만 실은 얼마 되지 않습니다.

J, 사순절입니다. 예수가 인류의 죄를 대신해서 고난을 받은 사십 일을 기리는 시기이지요. 십자가를 바라보면서 왜 하필 저 사람에게 저런 고통을 주셨나요? 저는 물어본 적이 없습니다. 그는 그저 당연히 못 박혀 죽었던 사람이었는지도 모릅니다. 당연히 죽고 당연히 부활하고 당연히 우리에게 죄를 사하여 주는 사람이었다는 말입니다.

그렇습니다. 공평하지 않습니다. 그래서 저는 가끔 공짜로 작은 이벤트에 당첨되는 기쁨을 누리기도 했고 공짜로 좋은 부모님 밑에서 태어났고 공짜로 밥도 먹었습니다. 그래서 세상은 혹 공평한 것이 아닐까 문득 그런 생각이 들었습니다.

J, 그러나 머리로 깨달아 내 마음이 궤도를 비틀기 시작했다 해도 그것이 하루아침에 그렇다, 라고 제게 다가오지 않는다는 것을 이제는 압니다. 계절 하나가 봄이 되려고 하는 당연하고 장엄한 진리 앞에서도 겨울은 그렇게 우리에게 쉽게 봄의 자리를 내주지는 않습니다. 뒤척이고 비 뿌리고 바람 불면서 추웠다가 따스했다가 다시 바람이 붑니다. 그리운 J, 오늘도 그렇습니다.

당신은 아시나요, 저 레몬꽃 피는 나라?
어두운 잎 사이로 황금빛 오렌지 빛나고
푸른 하늘에선 부드러운 바람 불어오고
감람나무는 고요히, 월계수는 드높이 서 있는 그 나라를 아시나요?
그곳으로! 그곳으로
가고 싶어요. 당신과 함께. 오 내 사랑이여!

당신은 아시나요. 그 집을? 둥근 기둥들이
지붕 떠받치고 있고, 홀은 휘황찬란, 방은 빛나고,
대리석 입상(立像)들이 날 바라보면서
"가엾은 아이야, 무슨 몹쓸 일을 당했느냐?"고 물어주는 곳
그곳으로! 그곳으로
가고 싶어요, 당신과 함께, 오 내 보호자여!

당신은 아시나요, 그 산, 그 구름다리를?
노새가 안개 속에서 제 갈 길을 찾고 있고
동굴 속에는 해묵은 용들 살고 있으며
무너져내리는 바위 위로는 다시
폭포수 내려 쏟아지는 곳
그곳으로! 그곳으로
우리의 갈 길 뻗쳐 있어요. 오 아버지, 우리 그리로 가요!

― 「그대는 아는가 레몬꽃 피는 남쪽 나라를」, 요한 볼프강 폰 괴테

노력하는 한 방황하리라

봄이 노랑노랑한 햇살로 창을 기웃거립니다. 그런데 창밖의 바람은 아직도 차서 목을 드러내 놓고 나갔다가 감기에 걸려버렸습니다. 당신도 느끼고 계신가요? 당신과 함께 거닐던 강변, 수양버들이 연둣빛으로 터질 듯하던 기억이 납니다.

지난해던가요, 여성 작가들과 함께 독일의 낭독회에 참가하는 길에 제 책『별들의 들판』을 번역하는 조경혜 씨를 만나러 갔었습니다. 괴테가 한때 수상으로 근무하며 인생의 영화를 누렸던 바이마르공화국의 옛 수도 바이마르가 그 행선지였습니다. 저는 원래 시인 지망생이었고 운이 좋아 대학을 졸업하던 해에 대학 교지에 실렸던 시가 한 평론가에게 발탁되어 저절로(?) 등단하는 행운을 누리고 있었습니다. 그런데 어느 순간부터 더 이상 시를 쓰지 못하고 있었지요. 시를 사랑하고 열망하고 간절히 그가 내게로 와주기를 바랐지만 시는 천재들이 쓰는 것이라는 생각이 내내 저를 떠나지 않았던 겁니다. 생각해보지 않았던 소설이란 장르를 넘본 것이 그때가 처음이었습니다. 소설은 어느 정도의 인간적인 노력이 병행되어야만 하는 작업이었고 재능이 모자라면 어느 정도 노력으로 메울 수도 있는 예술 장르였으니까요. 우리끼리 하는 농담이지만 엉덩이를 의자에 붙이고만 있으면 어떻게든 소설은 시작되는 거니까요. 그래서 저는 시를 포기하고 소설가의 길로 들어섰습니다. 그런데 괴테를 알고 나서 저는 다시 한번 절망감에 사로잡힙니다. 이미 만 세 살(아마 우리 나이로 네 살이나 다섯 살)에 괴테는 인형극을 만들어 하녀들에게 자신의 앞에서 공연을 하게 하였으니까요. 음악에도 미술에도 무용에도 하다못해 축구나 야구에도 다 있는 천재소년이 이 소설계에는 없는 줄 알았는데 오래된 이 천재가 저를 좌절하게 한 것입니다.

소설에 관해서만은 그것이 실패로 돌아간다 해도 원망할 것은 나 자신뿐이라는 생각에 기분이 좋았었는데 그만 맥이 다 빠져버리는 기분이었습니다. 더구나 괴테는 아마 세계 문단사 혹은 세계 예술사에 다시 없는 호강한 인생을 영위하고 또 그렇게 인생을 마칩니다. 젊은 날 굶주리지도, 조실부모지도, 좌절하지도 않고, 정치적으로 불운하지도 않았으며(바이마르공화국의 수상까지 지냈으니까요) 심지어 요절하지도 않았습니다.

그의 인생이 절정이었던 바이마르로 향하는 제 마음은 그렇게 복잡했습니다. 그런데 바이마르 광장을 산책하면서 문득 괴테의 『이탈리아 기행기』와 그의 『파우스트』 중의 한 구절이 떠올랐습니다.

"모든 인간은 그가 노력하는 한 방황하리라."

풍요로운 귀족 가문에서 태어나 호사스러운 청년기를 보낸 후 일찍이 독일을 뒤흔든 『젊은 베르테르의 슬픔』을 발표하고 끝내 행복하게 살았을 그가 왜 그런 구절을 썼을까 생각해

보니, 그는 그렇게 행복해 보이는 일상 어느 한 곳에 머무르지 않았고 정체되지 않으려 몸부림쳤습니다. 자신이 무슨 직위에 있든지 그는 노력하며 앞으로 나아가고자 했고, 일흔이 넘도록 아름다운 소녀를 넘보았으니 괴롭고 힘겨웠을 겁니다. 노력하지 않으면 방황하지 않아도 될 것을…….

잉크에 펜을 찍어 한 자 한 자 문장을 완성해나가는 동안 그가 아무리 천재라 한들 그는 노력해야만 했을 것이고 또 방황했으리라, 생각하면서 어쩌면 그러한 과정을 거친 것만이 진정 가치 있는 것이라고 생각했습니다. 노력하면서 방황할 것인지, 머무르면서 안주할 것인지, J, 노년을 준비하면서 저는 가끔 생각합니다. 그러나 J, 그대가 말씀하신 대로 앞으로 나아가지 않으면 뒤로 물러설 뿐입니다. 그 중간은 없습니다. 머무를 수 없는 삶의 비정함을 생각합니다. 누군가가 그런 말을 했습니다. 평화는 잔디처럼 초록빛이 아니라고요. 자유는 바람처럼 투명한 빛이 아니라고, 그것은 그저 핏빛일 뿐이라고.

레몬꽃 피는 남쪽 나라로 가고 싶습니다. 그러나 J, 레몬꽃 피는 남쪽 나라조차 연노랑 빛이 아니라고 하시면 저는 어떻게 하지요?

한때 우리는 금붕어를 길렀어. 두꺼운 커튼이 드리워진

커다란 유리창, 그 곁에 놓인 책상 위, 작은 어항 속에서

그들은 둥글게 헤엄치곤 했지

항상 미소짓던 어머니, 우리들 모두가 즐거워하길 바라면서

어머니는 내게 말하곤 했지. "행복해하거라, 헨리"

맞는 말이지 행복할 수 있다면

행복해야지. 하지만 말이야

아버지는 일주일에도 몇 번씩 나와 엄마를 두들겨 팼어.

육 척 장신의 몸속에 끓어오르는 분노

도대체 무엇이 그의 내부에서 그 자신을 공격하는지를

알지 못했기 때문이었지.

내 어머니, 가여운 붕어,

일주일에 두세 번씩 두들겨 맞던 행복을 원하던 어머니,

"헨리, 미소지어 봐!

넌 왜 미소짓지 않니?" 말하곤 하던 어머니,

어떻게 미소짓는가를 보여주려는 듯

스스로 미소지어 보이던 어머니, 그것이 내가 본 가장 슬픈 미소야

어느 날 다섯 마리 금붕어가
죽어서 물 위에 떠올랐지, 눈을 뜬 채
옆으로 누워 떠다니던 붕어들,
집에 돌아온 아버지는 부엌 바닥에 금붕어를 내던져
고양이 밥이 되게 했어. 그때도 어머니는 미소짓고 있었고
우리들은 바라보고만 있었지.

— 「잊을 수 없는 미소」, 찰스 부코스키

독버섯처럼 기억이

중학교까지는 그런대로 무사히(?) 마쳤지만 제가 들어갔던 고등학교는 무시무시한 곳이었습니다. 그 이야기를 중편 『광기의 역사』라는 곳에 쓰기는 했지만 지금 생각하면 어떻게 그런 일이 가능할까 하는 생각이 듭니다. 여학생들을 집단 기합을 주는 것은 물론이고 선착순으로 뛰어오기(그때 운동신경이 거의 전무하다시피 한 제가 저보다 먼저 뛰어가는 아이를 얼마나 미워했던지요), 추운 겨울날 운동장에서 교복 윗도리 벗고 팔 벌리고 서 있기(그때 날씬하게 보이려고 얇은 셔츠만 달랑 입었던 내 짝. 그 아이의 시퍼렇게 부어오르던 얼굴이 아직도 생생합니다). 조회 시간에 갑자기 연단에서 내려온 교장 선생님의 철학에 따라 집단적으로 우리에게 내려졌습니다. 우리는 집단으로 맞았고 집단으로 울었습니다. 그러나 집단으로가 아니라 선착순으로 구제되었습니다. 부잣집 아이들이 먼저 구제되었고 공부 잘하는 아이들이 그다음으로 구제되었습니다. 끔찍했고 끔찍했지만 어떻게 할 방법이 없었습니다.

나중에 안 일이지만 우리가 받았던 그 기합이라는 것이 형태는 삼청교육대에서 행해지던 그 교육이라는 것과 강도만 다르지 아주 유사했습니다. 아우슈비츠와도 강도와 형태만 다르지 비슷한 본질을 가지고 있었습니다.

저도 아직은 모릅니다. 다만 한 가지 아는 것은 그런 일들이 학교 교정에서, 지붕도 없는 운동장에서 마이크 소리 쩌렁쩌렁 울리며 욕설과 함께 일어났다는 것입니다. 그때 그 지옥스러운 풍경을 주도하던 체육 선생님들이나 교련 선생님들은 어떻게 그 시대의 보편적인 기합의 방법을 알고 있었을까요? 그

기합의 방법은 군대적인 것이었고, 그것도 식민지의 군대적인 것이었습니다. 그러고는 그들은 이렇게 말하고는 했지요. 이게 다 너희들 잘되라고 하는 일이라고. 지금도 그 거짓말을 생각하면 심장이 오싹해집니다. 아직도 그때의 일들을 악몽으로 다시 체험하곤 합니다. 지금은 할아버지, 할머니가 되어 있을 그들이 그것을 기억하고 있을까요?

그러고 난 후 교실로 돌아오면 또 다른 폭력들이 기다리고 있었습니다. 하루에 한 번쯤은 누군가가 코피가 터져 나가도록 매를 맞았지요. 막대기로도 맞고 주먹으로도 맞고 출석부로도 맞고 뺨도 맞고 머리도 맞고 막대기로 온몸을 이리저리 맞으며 쫓기는 짐승처럼도 맞고……. 특히 코밑의 연한 부분을 출석부의 뾰족한 면으로 아이의 코에서 코피가 터져 나올 때까지 가격하던 그 선생님의 얼굴은 영영 지워지지 않을 것입니다. 품행이 방정하고 학업 성적이 우수하다던 저 역시 그 폭력을 피해갈 수는 없었습니다. 수업이 끝나는 종소리를 듣고 혼자 미소를 지었다는 이유로 앞으로 불려 나가 따귀를 맞았지요. 내 수업이 끝나는 게 그렇게도 좋냐, 그것이 그 선생님이 제 따귀를 때린 이유였습니다.

저는 폭력이라는 것의 실체를 그때처럼 오래도록, 일상적으로, 차근차근, 아무런 단죄의 이름도 없이, 영문도 모른 채 생생하게 체험한 적은 일찍이 없었습니다.

그런데 더욱 놀라운 것은 유신 말기라는 단서를 붙여 쓴 저의 그 『광기의 역사』라는 소설을 읽고 요즘의 학생들이 '공감한다'는 메시지를 보내왔다는 것입니다. 저는 그 소설을 통해 유신의 광기가 다만 정치적인 것을 지나 일상생활 깊숙이 스며들어 우리 모두의 정신도 함께 파괴하고 있었다는 것을 말하려고 했는데, 뜻밖에 요즘 학교에서도 그 폭력이라는 것이 멈추지 않고 있다는 것을 알게 되었습니다. 그것은 저에게 두 번째 충격이었습니다.

폭력은 그 자체만으로 이미 인간의 한 부분을 망가뜨리지만 더욱 결정적으로 인간을 망가뜨리는 것은 그것의 거짓 명분입니다. 어떤 경우에도 사랑은 폭력을 수반할 수 없습니다. 그것이 육체이든 언어이든 정신이든. J, 오늘 제게…… 독버섯처럼 기억이 돋아납니다.

누구든 그 자체로써 온전한 섬은 아닐지니, 모든 인간은 대륙의
한 조각이며 대륙의 일부분일 뿐. 만일 흙덩이가 바닷물에 씻겨나가면
유럽 땅은 그만큼 작아지고 모래톱이 그리 되어도 마찬가지어라.
어느 누구의 죽음도 나를 감소시키나니, 나란 인류 속에 포함된
존재이기 때문인 것. 누구를 위하여 종이 울리는지를 알려고 사람을
보내지 마라. 종은 바로 그대를 위해 울리므로.

— 「누구를 위하여 종은 울리나」, 존 던

세상이 아프면 저도 아픕니다

　　　　　　　　　　막내는 종이하고 연필을 들고 다니면서 저에게 한글을 가르쳐달라고 합니다. 아이를 잘 키워보겠다든가 좋은 엄마가 돼보겠다든가 하는 열성도 사그라들고 걱정도 느슨해져서 여섯 살이 넘도록 가르쳐줄 생각을 안 했지만 제 형이 숙제를 하는 저녁이면 제게 와서 글씨를 가르쳐달라고 조르고 또 조르는 것입니다. 막내가 그럴 때마다 저는 당황스럽습니다. 사실을 말하자면 저는 한글을 가르치는 법을 모릅니다. 왜냐하면 한글을 배워본 일이 없기 때문입니다.

　저는 글을 배운 일이 없습니다. 아무리 떠올려보아도 저는 어느 순간 그냥 읽고 있었습니다. 그전에 그러니까 세 살 무렵, 그때 초등학교 일학년이던 오빠의 책가방을 몰래 뒤져 지금의 막내처럼 연필을 쥐고 쉬워 보이는 글씨, 그러니까 '이'라든가 '가'와 같은 글씨를 쓰며 놀았다는 것만이 기억의 전부이지요. 그때 우리 집은 《소년한국일보》를 구독하고 있었습니다. 제목은 생각나지 않지만 거기에는 이원복 선생의 만화가 연재되고 있었던 것으로 기억됩니다. 누구보다 일찍 일어난 내가 궁금한 만화의 내용을 먼저 읽고 아침 밥상머리에서 이야기를 해주었을 때, 형제들의 첫 반응은 "거짓말!"이라는 것이었지요. 실은 저는 오래전부터 그 만화를 다 읽고 있었는데 말이지요. 지금 생각해보니 그들의 의심은 어쩌면 당연했는지도 모릅니다. 나중에 신문을 가져다 보고는 연재만화의 내용이 틀리지 않는다는 것을 알게 된 식구들은 다른 책을 내 앞에 들이댔습니다. 읽는다는 것이 뭐 그렇게 대단한 일인지 이해할 수 없었습니다. 어쨌든 그것이 무슨 뜻인지도 모르면서 저는 언니와 오빠의 교과서를 읽어냈습니다.

그리고 세월이 많이 흐른 뒤 저는 가끔 생각하곤 했습니다. 나는 왜 하필이면 글씨를 쓰며 놀았을까, 오빠가 제 책가방을 뒤지면 얼마나 싫어하는지 잘 알면서, 때로는 머리까지 쥐어 박힐 수도 있다는 것을 알면서, 친구가 없었던 것도 장난감이 없었던 것도 아닌데 왜 하필 나는 글씨를 쓰며 놀았을까.

어느 겨울날 마포에 있는 한 출판사를 향해 차를 몰고 가고 있었습니다. 일찍이 문자를 알아 조숙하기만 했던 아이는 어느덧 소설가가 되어 있었습니다.

고속도로를 접어들면서 내리기 시작한 눈발이 강변도로를 들어서자 폭설로 변해가기 시작했지요. 다시 차를 되돌려 집으로 돌아가기에도 너무 늦어버린 걸 알았기 때문에 저는 그냥 앞으로 가고 있었습니다. 여기저기 눈길에 미끄러진 차들이 강변도로 한쪽에 구겨진 휴지처럼 널브러져 있었습니다. 그래도 운전에 꽤 능숙하다고 자부하고 있었기 때문에 저는 최대한 기어를 낮추고 앞 차와의 간격을 유지하고 있었습니다. 그런데 제 앞으로 달려가던 승합차 한 대가 갑자기 균형을 잃고 미끄러지더니 한 바퀴 돌아 저를 향해 달려오기 시작했습니다. 눈길에서 그러면 안 된다는 것을 알면서도 브레이크를 좀 어떻게 해보지, 하는 염원을 담아 저는 승합차 운전사를 바라보았습니다. 우습게도 내 차와 부딪히지 않기 위해 브레이크를 밟아대다가 그도 저를 바라보고 있었습니다. 승합차 운전사와 제 눈이 멀리서 마주쳤습니다. 그때 저는 알았지요. 그로서도 어쩔 수 없는 상황이라는 것을.

J, 저는 오히려 편안히 브레이크에서 발을 풀고 상황이 나를 대체 어디로 데려가려는지 멍하니 바라보고 있었습니다. 한때 이 강변도로를 운전하고 갈 때마다 죽고 싶어, 죽고 싶어! 하고 되뇌었었지, 하는 기억도 떠올랐습니다. 그런데 이렇게 쉽게, 사실은 별로 죽을 마음도 없는 이 순간에 저 거대한 승합차가 나를 덮치는구나, 하필 그날이 내 생일이라는 것까지 머리를 스쳐가자 언뜻 웃음이 나왔습니다. 이 모든 것이 불과 2, 3초간의 일이었습니다.

다행히도 그 승합차는 내 차를 오 센티미터쯤의 간격으로 스쳐 지나가면서 중앙 분리대를 들이받고 멈추었고 제 차는 그 곁을 스쳐 앞으로, 마치 아무 일도 없었다는 듯이 앞으로 가고 있었습니다. 그 천만다행한 순간에 제가 저를 위해서 한 일이라고는 아무것도 없었습니다.

여러 해 전에 저는 가족과 함께 독일 베를린에 있었습니다. 우리가 살던 집 주변에는 숲이 울창했고 봄이 오자 마로니에 진분홍 꽃이 우리 집 유리창과 온 길을 뒤덮어 아름다웠습니다. 하지만 그건 그저 의례적으로 친구들에게 써 보내는 편지의 구절로써나 좋았을 뿐, 저는 몹시 지쳐 있었습니다.

혼자서 밥을 하다가 창문을 내다보며 가만히 생각해보곤 했습니다. 책 한 권 못 읽은 지 벌써 며칠이구나, 책을 안 읽고 지낸 지 한 달이구나. 그리고 몇 달이 흐른 뒤 저는 깨달았습니다. 석 달째 글씨 한 줄 읽지도 쓰지도 못했구나, 맙소사!

가장 먼저 다가온 느낌은 그래도 살 수 있구나, 라는 것이었습니다. 세 살 때 혼자서 오빠의 책을 베껴 쓴 이래 아마 거의 사십 년 만에 글씨 한 줄 없이 석 달을 산 것이었습니다. 글이 없어도 나는 살아 있는 것이었습니다. 그것도 잘!

소설가가 된 지 거의 이십 년이 다 되어갑니다. 처음 몇 년 동안은 이런 질문에 주저 없이 대답하곤 했습니다. 왜 글을 쓰느냐구요? 왜냐하면요, 그건 오직 그때에만 내가 살아 있음을 느끼기 때문이지요! 글을 쓰는 순간만큼 내가 살아 있다는 것을 생생하게 느낄 때는 없거든요. 내가 하도 자신만만하게 대답을 해서 질문하는 사람들이 오히려 머쓱했다는 뒷이야기. 귀국을 하고 이사를 하고 독일에서 온 짐과 한국에 남아 있던 짐을 정리하다 말고 몸살로 앓아누워 있던 어느 날, 저는 전화 한 통을 받았습니다. 글을 좀 써주시겠어요? 나는 왜 문학을 하는가, 하는 거 말이에요.

저는 아직도 제가 평생 글을 쓰며 살 것이라고 자신하지 못합니다. 가끔 친구들에게 나 글 쓰는 거 때려치우고 국숫집 할까 봐, 나 김치국수 맛있게 비비잖아, 하고 말하면 친구들은 아예 대꾸조차 하지 않습니다. 왜냐하면 그들에 따르면 글을 쓰는 것은 저의 운명이라는 것입니다. 운명…… 운명 말입니다. 그런가, 하고 나는 우물거립니다. '천직, 직업적 소명'이라는 뜻의 영어 단어의 라틴어 어원은 '부른다(call)'라는 동사에 그 어원을 두고 있다고 합니다. 글을 쓰는 것이 저의 소명이고

운명이라면 누가 저를 불렀는지 저는 모릅니다.

지금 저는 책상 앞에 앉아 있습니다. 서재는 깨끗하고 스탠드도 따뜻합니다. 아이들은 모두 학교로 갔습니다. 나는 누구인가. 그렇습니다. 이런 시간에 결국 저는 이런 질문을 하고 맙니다. 모든 타인들이 떠나고 모든 소유들이 흩어진 후에도 남아 있는 나는 누구인가.

저는 처음으로 일기장에 그렇게 썼습니다. 세상이 아프면 나도 아프다. 그러니 눈을 감지 말고, 책장을 덮지도 말고, 멈추지 말고, 앞으로 간다…… 앞으로 가는 길이 아파도 간다…… 나는 소설가이고 그래서 고맙다, 지영아, 하고.

나는 왜 하필이면 글씨를 쓰며 놀았을까,

오빠가 제 책가방을 뒤지면 얼마나 싫어하는지 잘 알면서,

친구가 없었던 것도 장난감이 없었던 것도 아닌데

왜 하필 나는 글씨를 쓰며 놀았을까.

외떨어져 살아도 좋을 일

마루에 앉아 신록이 막 비 듣는 것 보네

신록에 빗방울 비치네

내 눈에 녹두 같은 비

살구꽃은 어느새 푸른 살구 열매를 맺고

나는 오글오글 떼 지어 놀다 돌아온

아이의 손톱을 깎네

모시조개가 모래를 뱉어놓은 것과 같은 손톱을 깎네

감물 들 듯 번져온 것을 보아도 좋을 일

햇솜 같았던 아이가 예처럼 손이 굵어지는 동안

마치 큰 징이 한 번 그러나 오래 울렸다고나 할까

내가 만질 수 없었던 것들

앞으로도 내가 만질 수 없을 것들

살구꽃은 어느새 푸른 살구 열매를 맺고

이 사이

이 사이를 오로지 무엇이라 부를 수 있을까

시간의 혀끝에서

뭉긋이 느껴지는 슬프도록 이상한 이 맛을

— 「살구꽃은 어느새 푸른 살구 열매를 맺고」 문태준

어린 것들 돋아나는 봄날

시골집입니다. 봄이 오면 늘 그
렇듯이 나무를 심고 꽃도 심고 조그만 밭도 만들었습니다. 보
기에 참 좋았습니다. 그런데 문제는 보기 좋은 것이 거기까지
였다는 것입니다. 이번 주말에도 욕심을 부려서 잔뜩 싸가지
고 온 글감이나 책들을 아마도 여느 때처럼 고스란히 가지고
올라갈 것만 같은 예감입니다.

오랜만에 맞은 연휴, 가족들과 시골로 내려가는데 저도 모
르게 신경질적이고 성마른 자신을 발견했습니다. 신경이 예민

해지고 마음이 불안했습니다. 식구들에게 미안하기도 하고 나 자신에게 겸연쩍기도 해서 가만히 생각해보니까, 요즘 너무나 사람들을 많이 만나는 것 같았습니다. 만나는 것 자체는 아무 문제가 아닐지 모르지만 그것 때문에 제가 제 마음을 대면하는 일을 소홀히 한 것 같다는 생각이 들었던 거지요.

시골집에 도착하자 기대와는 전혀 다른 풍경이 펼쳐져 있었습니다. 이 따사롭고 풍요로운 봄 몇 주 동안 잔디에게나 잡초에게나 골고루 빛과 비를 내려주신 하느님 덕택에 마당의 풀들이 무성하게 자라나 집은 폐가처럼 변해 있었던 겁니다. 가슴이 철렁했습니다. 장화를 신고 풀들을 뽑으면서 정원이라는 게 마음과 닮았다는 생각이 들었습니다. 매일매일 조금씩 자라나는 잡풀들을 솎아내지 않으면 어느새 내 본의와는 다른 것에 내가 점령되어버릴 수 있다는 것을 말입니다.

새로 옮겨 심은 나무는 몸살을 앓으며 누렇게 시들어가고, 꽃들은 져버리고, 텃밭의 채소에는 벌레들이 잔치를 벌이고, 잔디는 잡초의 포로가 되어 죽어가고 있었습니다. 정원에 나가 잡초부터 뽑았습니다. 지나가던 이웃이 약을 좀 치라고 했지만, 기껏 시골에 집을 얻어 새로운 생명들을 심어놓고 농약을 뿌려대면 무슨 소용일까 싶어 나는 고집을 피웠습니다.

처음 하는 정원 일 중에서 가장 힘든 일은 잔디에 난 잡초를 솎아주는 일이었습니다. 어떤 달에는 클로버가, 다음 달에는 쇠뜨기가, 또 다음 달에는 여뀌가 무성했지요. 어찌 보면 이것도 생명과 생명과의 싸움이었습니다. 어떤 시인이 잡초가 꼭 나쁜 건가요, 하고 물으면 할 말은 없지만, 그건 사실 시에나 쓰면 멋있는 말이지 실제로 내 집 마당에, 그것도 새로 깔아놓은 잔디에 잡풀들이 엉긴다고 생각하니 너무 싫어서 저는 하루 종일 쭈그리고 앉아 풀을 뽑았습니다. 어느 날엔가는 지나가던 이웃이 이 잡아요? 하며 웃더군요. 아마 정수리의 흰머리 뽑듯 눈에 불을 켜고 앉아 있는 모습이 우스웠던 모양입니다.

그런데 신기한 것은 그 노동이 괴롭거나 싫지는 않았다는 것입니다. 집 안에서의 일과 달리, 흙냄새가 주는 그 무엇이 분명히 있었습니다. 또 하나 신기한 일은 잔디가 자라는 곳에 잡초가 엉긴다는 것이었습니다. 상식적으로 생각하면 잔디가 자라지 않는 빈 땅에 잡초가 자라나야 하는데, 그렇지가 않았습니다. 잔디가 자라려는 곳에서 잡초도 함께 엉겨 붙어 싸우고 있었습니다. 뭐든 의미를 붙여 생각하기 좋아하는 저에게 그것은 많은 질문을 던지는 듯했습니다.

마당에 있다가 가끔 이웃집 정원을 훔쳐봅니다. 주인이 날마다 정원을 가꾸는 그 집 마당에는 장미가 빨갛고 나무 이파리들은 윤이 나고 잔디는 깨끗하게 손질되어 있었습니다. 우리 마당의 나무들도 잔디들도 내 마음도 불쌍해졌습니다. 주인을 잘못 만나 자주 내팽개쳐지는 것 같았습니다. 하루 종일 입을 다물고 풀을 뽑고 있으려니까 저 자신과 대면하는 듯도 했습니다. 가끔씩 허리를 펴고 하늘을 바라보며 시인의 시 구절을 떠올립니다. '내가 만질 수 없었던 것들, 앞으로도 내가 만질 수 없을 것들.' 징이 길게 길게 한 번 울리는 시간 동안 언뜻언뜻 지난날들이 나를 스쳐갑니다. 그 소리는 낮고 둔중하게 제 기억의 언저리를 울리고 지나갑니다. 그러나 지난겨울 얼어 죽었다고 생각하고 버린 화분에서 너무나 연한 초록빛 싹이 돋아나고 있습니다. 지난가을 말라 죽은 줄 알았던 포도

나무의 뿌리에서 연녹색 새순이 돋고 있습니다. J, 겨울 뒤에 봄이 오는 것이 참 고마웠습니다. 모든 부드러운 것, 약한 것이 매서운 바람 속으로 돋아나는 것이 고마웠습니다.

내 앞에서 한없이 약한 J, 저주는 것이 이기는 것이라는 부모님의 말씀이 오랫동안 원망스러웠지만 오늘은 문득 더 약해지고 싶었습니다. 멀리 뻐꾸기가 울고 봄날의 새들이 필사적으로 짝을 부르고 하늘은 더 이상의 형용사를 쓸 수 없을 만큼 짙푸른데…… J, 오늘 나는 정원에 오래도록 서 있고 싶습니다.

빗방울처럼 나는 혼자였다

기억하라 함께 지낸 행복했던 나날들을

그때 태양은 훨씬 더 뜨거웠고

인생은 훨씬 더 아름다웠지

마른 잎들을 갈퀴로 모으고 있네

나는 그 나날들을 잊을 수가 없어⋯⋯

마른 잎들을 갈퀴로 모으고 있네

모든 추억과 모든 뉘우침도 다 함께

북풍은 그 모든 것을

싣고 가느니

망각의 춥고 어두운 밤 저편으로

나는 그 모든 것을 잊어버릴 수는 없었지

네가 불러준 그 노랫소리

그건 우리 마음 그대로의 노래였고

너는 나를 사랑했고 나는 너를 사랑했고

우리 둘은 언제나 함께 살았었네

하지만 인생은 남몰래 소리도 없이

사랑하는 이들을 갈라놓네

그리고 헤어지는 연인들이 모래에 남긴 발자취는

물결이 다 지워버리네

── 「고엽」, 자크 프레베르

나의 벗, 책을 위하여

　　　　　　　가끔 그런 질문을 받곤 합니다. 어떤 때 행복하세요? 하지만 행복이라는 것이 어디 손에 잡히거나 정의되는 것인가요? 혹은 내가 그렇다고 정말 대답할 수 있는 종류의 것이던가요?

행복이란 단어처럼 많이 쓰이면서 그 정체가 애매한 것이 또 있을까 저는 가끔 생각해봅니다. 비슷하게 애매한 부류로 사랑이라는 단어가 있긴 하지만, 그건 행복과는 달리 누구에게나 인정될 수 있는 공통점을 가지고 있지요. 말하자면 초기증상으로 가슴이 뛴

다거나 안 보고 있어도 자꾸 얼굴이 떠오른다거나, 부터 시작해서 말기 증상은 시들해지거나 미워진다는 종류별 마감의 양태까지. 더구나 과학자들에 따르면 '유효기간'도 존재하는 것이니 종잡을 수 없기는 매한가지지만 그렇게 애매한 단어는 아닐 수 있지요.

그런데 이야기가 행복이라는 것에 이르면 증상과 진행 과정이 존재하지 않는 것 같습니다. 전 국민에게 설문조사를 한다 해도 50퍼센트 이상 합의하기 어려운 개념, 그래서 예로부터 증상이 뚜렷한 사랑은 주로 문학이, 애매모호한 행복은 철학이 즐겨 다룬 주제가 되지 않았나 싶습니다. 아무튼 인터뷰나 독자와의 대화 같은 데서 누군가 내게 이런 질문을 하면 대개는 글쎄요, 하고 마는데 굳이 어떤 시간, 어떤 장소, 어떤 정황이냐고 묻는다면 아마도 그건 대답할 수 있을 것 같습니다. 오랜만에 만난 반가운 벗하고 맛있는 거 먹으면서 시계 보지 않아도 될 때, 아이들이 생각지도 않은 대견한 말이나 행동을 할 때, 그리고 책을 읽을 때라고 말이지요.

나는 책을 아주 좋아하는 사람이라, 직업은 책을 쓰는 것이고 남은 시간에 책을 읽는다고 농담을 하곤 하지요. 모르는

일이 있을 때 예를 들어 운전을 새로 배우거나 사진을 찍어야 하거나 베란다에 작은 채소라도 가꾸려고 할 때는 사람들에게 전화를 걸기보다 책을 주문하는 편입니다. 지난번 어떤 방송에서 책을 정의해달라기에 만 원으로 할 수 있는 가장 가치 있는 일이라고 했더니, 그 방송 진행자가 그 뒤로도 내내 제게 그 말이 인상적이었다고 해서 기분이 좋았더랬습니다.

취재를 하는 것보다 책을 읽는 편이 시간적으로나 금전적으로나 이익이라고 생각하는 편입니다. 낯선 사람과의 만남을 힘들어하는 성격도 있지만 오가는 거리, 처음 만나서 단도직입적으로 물어보기도 쑥스럽고, 찻값이나 밥값도 내야 하고, 뭐 이런 점들을 일거에 해결해주는 것이 책인 셈이지요. 그렇다고 책이 제게 그런 실용적 역할만 하는 것은 아닙니다.

뭐랄까, 한가한 시간—요즘 제게는 그런 시간이 거의 없다고 보는 편이 맞지만—에 침대나 편안한 소파, 혹은 다리를 길게 뻗을 수 있는 의자 옆에 내가 좋아하는 책을 잔뜩 쌓아두고 그 곁에 커피나 녹차, 과자나 사과 혹은 오징어 같은 것을 놓는 장면, 겨울에는 따뜻한 곳에서 여름이면 시원한 곳에서, 와! 생각만 해도 행복합니다. 내가 굳이 밥을 안 해도 되고 보채는 아이도 없는 그곳, 책과 쾌적한 기온과 적당한 먹을거리가 있는 그곳. 제게는 그곳이 천국이라고 해도 과언은 아닙니다. 물론 여기서 사과나 커피 혹은 오징어는 빠져도 되지만 책이 빠지면 천국은 곧 무너지고 맙니다. 책과 제가 그 주인공이기 때문입니다.

책의 위기니 문자 매체의 위기니 하지만 책이 주는 가치를 빼앗아가지는 못하리라는 낙관 때문에 저는 제 직업에 대해 언제나 느긋합니다. 그래서 여름휴가를 갈 때는 짐의 반이 책 보따리입니다. 물가나 산속에 길게 누워 한없이 게으름을 피우며 천천히 책장을 넘기는 재미. 지인들과 떠들고 술 마시는 것도 좋지만 수영을 하고 산을 오르는 것도 좋지만 말입니다.

입추 지나고 아침저녁으로 서늘한 바람이 붑니다. 더위 핑계로 멈추어놓았던 머리도 좀 돌아가는 것 같습니다. 그러니 이제 다시 책장을 넘겨야지 싶습니다. 누군가 말했습니다. 내가 죽을 때 가져갈 수 있는 것만이 내 것이라고.

J, 나는 요즘 가끔 내가 죽을 때 가져갈 수 있는 것들을 생각해봅니다.

이 위대한 밤의 주인이신 하느님

숲이 보이십니까?

숲이 외로워한다는 소문이 들리십니까?

숲의 비밀이 보이십니까?

숲의 고독을 기억하십니까?

제 영혼이 제 안에서 밀랍처럼

녹기 시작하고 있는 것도 보이십니까?

— 「숲」, 토머스 머튼

사랑 때문에 심장이 찢긴 그 여자

J, 가톨릭에는 많은 성인과 성
녀가 있습니다. 대개는 본받을 만한 훌륭한 인생을 산 사람들
입니다. 성인 성녀라고 해서 제가 그 사람들을 다 존경하고 잘
아는 것은 아니었지만 그중에 프랑스 리지외의 '소화 데레사'라
는 사람에 대해 궁금한 마음은 가시지 않았었습니다. 그녀는
평생 로마를 한 번 순례한 것 외에는 고향을 떠나보지도 못한
처녀였습니다. 갈멜이라는 봉쇄수도원에 들어가기를 원해 기
어이 어린 나이에 거기에 들어가버린 소녀였고, 갈멜의 수도

원 생활 속에서 누군가가 소소하게 자신을 괴롭히는 것이 자신의 인격 완성에 도움이 된다고 생각했던 무조건적 성녀였습니다.

차라리 아우구스티누스같이 방황하다가 『고백록』이라는 인류의 고전을 쓰고 성인이 된 사람이면 몰라도, 아빌라의 데레사처럼 수도원 개혁과 같은 가시적인 성과를 가지고 있으면 몰라도, 그냥 봉쇄된 수도원에서 살다가 스물네 살에 죽은 처녀가 교회의 가장 큰 성녀가 되었다는 사실이 제게는 이해되지 않았던 것입니다.

그러던 어느 날 우연히도 소화 데레사의 전기를 가지고 만든 영화를 보게 되었습니다. 그 감독은 가톨릭 신자가 아니었고, 단순히 소화 데레사의 일생에서 종교적 기적을 빼고 영화를 만들었다고 했습니다. 칸 영화제에서 상도 탄 영화라기에 별다른 생각 없이 보고 있다가 마지막에 저는 결국 엉엉 울고 말았습니다. 영화를 함께 보던 친구들이 황망한 표정으로 대체 왜 울고 있느냐고 물었을 때, 저도 모르게 대답해버렸습니다.

저 사람, 심장이 터져 죽은 거야, 너무나 사랑해서 심장이 터져 죽은 거라구. 이 세상에 사랑 때문에 심장이 터져서 죽은 사람이 또 있나 싶어서, 라고.

죽기 전 쇠약해진 몸뚱이로 누워서, 그녀는 「시편」을 빌려 이렇게 말합니다.

님을 보거든 전해다오……
내가 그대로 인해 병들었다고
…… 주님 제가 드릴 것은 찢겨진 마음뿐,
찢겨진 마음뿐입니다.

보이지 않는 신을 그토록 사랑하는 젊은 처녀를 J, 당신은 이해하실 수 없을지도 모르지요. 그러나 저는 생각해버리고만 것입니다. 보이는 사람조차 저토록 사랑할 수 있을까, 하고 말이지요. 그리움으로 병들고, 찢겨진 마음으로 죽어가는 것, 그것은 제가 좋아하는 안도현 시인의 그 유명한 시구를 빌면 연탄재 함부로 발로 차지 마라, 너는 누구에게 한 번이라도 뜨거운 사람이었냐는 것입니다.

J, 당신을 그리워하다 병도 든 적 없습니다. 당신을 그리워하고 사랑하다가 마음 한번 제대로 찢어져본 적 없습니다. 그녀가 20세기의 성녀라는 사실이 이해됩니다. 다만 온 마음을 다해 사랑하는 것만으로도, 온 마음을 다해 마음이 찢어지는 것만으로도 현대를 살아가는 우리는 실은 성녀의 반열에 오를 수 있다는 생각을 합니다.

J, 날이 갈수록 나이를 먹을수록 더 그런 생각이 드는데, 사랑만이 내가 살아 있는, 그리고 나를 살아 있게 하는, 그리고 우리가 서로를 견뎌내야 하는 단 하나의 이유입니다.

저 사람, 심장이 터져 죽은 거야,

너무나 사랑해서 심장이 터져 죽은 거라구.

이 세상에 사랑 때문에

심장이 터져서 죽은 사람이 또 있나……

우리가 어느 별에서 내려와 여기서 비로소 만났는지요

······잘 지내시오

당신의 존재는 내가 처음 열고 들어간 문과도 같았고

신은 이 사실을 알 고 계실 것이오

나는 지금도 가끔씩 오래전에 내 성장을 표시해두었던

문 앞으로 돌아가 기대 서 있소

이런 내 습관을 이해해주시오

부디 이런 내 모습을 좋아해주시오

그때 내 앞에 구원이 나타났고

그것은 당신을 위한 기도였고

당신을 그리워했고

당신이 멀리서도 나를 지켜준다고 믿었기에

나는 처음으로 당신을 위해 기도했고

그 기도는 평화롭게 울려 퍼졌소

당신과 나 이외에 어떤 사람도

내가 당신을 위해 기도한다는 것을 모르오

이 때문에 나는 내 기도를 믿을 수 있소
나는 고통 속에서 천천히
어떤 것이 단순한 것인지를 구분하는 단순한 진리를 배웠고
그리고 단순한 것에 대해 말할 수 있을 만큼 성숙해졌소

그러나 나는 짐승처럼 가야만 하오
저 폐쇄된 계절 너머로

—— 「젊은 시인에게 보내는 편지」 중에서. 라이너 마리아 릴케

우리가 어느 별에서

　　　　　　　그리운 J, 잘 지내고 있나요? 저
도 잘 지내고 있습니다.

　가을입니다. 산책길에 벌써 떨어진 낙엽들을 보았습니다.
첫 번째 낙엽도 첫 번째 꽃과 같은 느낌을 주는 것이 신기합
니다. 지난주에는 이효석이 살던 마을에 흰 소금처럼 뿌려져
있다는 메밀꽃을 보러 갔더니 꽃은 지고 들판에 노란빛들이
널려 있었습니다. 벼이삭이 꽃보다 아름답다는 생각을 처음으
로 해보았습니다. 아직도 제게 '처음'이라는 것들이 있어서 세

상은 살 만하고 인생은 신비롭게 느껴집니다. 아마도 죽는 날까지 그러고 싶습니다.

두 권의 인상적인 책을 읽었습니다. 정수일 선생의 『소걸음으로 천리를 가다』와 『루쉰의 편지』가 그것입니다. 신기하게도 두 권의 책은 닮아 있었습니다. 두 사람 다 혁명가이자 뛰어난 문필가라는 점, 비바람 치는 조국의 어떤 시대에 그 비를 원망 없이 다 맞았다는 공통점 외에 한 가지가 더 있더군요. 그들은 사랑하는 여자에게 긴 편지를 썼다는 것입니다.

이 책들은 절절한 사랑의 편지들입니다. 그런 생각이 들었습니다. 어떤 사람이 훌륭한 것하고 사랑을 애틋하게 하는 일은 결국 같은 일이구나……. 조금 다른 이야기입니다만 어떤 수도원에서 들었던, 결국 좋은 남편이 될 사람이 좋은 수도승이 된다는 말 같은 것, 뚱딴지같게도 약간의 질투도 일었습니다. 그러면서도 한편 그들이 사랑 앞에서 그토록 순진무구하고, 상처받기 쉬우며 실은, 존재 깊숙이서 떨고 있었다는 것이 신기하게도 그들에 대한 존경의 마음을 더해주었습니다. 이 편지들을 쓸 무렵 그들은 모두 인생의 가을에 서 있었다는 것, 그래서 릴케 식으로 표현하자면 '끝없이 불안하고 간통과 혼란으로 차 있는' 것이 아니라 '진정한 운명에 닿아' 있었다는 것을 제가 느꼈다는 말입니다. 편지를 쓸 때 정수일 선생의 경우는 간첩 혐의로 사형을 구형받고 수감되어 있었고, 루쉰의 경우는 유부남의 처지로 열일곱 살 연하의 제자를 사랑하고 있었습니다. 둘은 끝내 결혼하게 됩니다만 '바른 생활 아줌마'인 제 친구가 이 글을 본다면 어떨까, 사실 겁도 납니다.

죄를 선고하기 위해 판결문을 꺼내 든 판사가 '소설 같은 인생을 산 사람'이라고 표현할 만큼 '드라마 같은 인생'을 살아온 사람 정수일을 아시나요? 예전에 우리가 깐수라고 불렀던 사람, 아내에게조차 자신의 신분을 밝히지 못했던 간첩, 연변에 있는 시인 윤동주의 옆 동네에서 태어나 중국 국비 장학생 1호로 카이로에서 유학했고, 주은래가 외무부의 고위 관리 자리를 약속하며 조카딸을 주려고 했지만 조국이 아니면 그 어느 것도 싫다며 평양행을 감행했던 사람, 동양 언어 일곱 개, 서양 언어 다섯 개를 능숙하게 구사하는 것도 모자라 산스크리트어를 비롯한 고대 언어를 공부하는 사람, 4년간의 감옥생활 동안 원고지 2만 5천 장 분량의 책을 써낸 사람, 프랑스어 외에는 세계에 완역본이 없다는 『이븐 바투타 여행기』를 완역하고 문명교류사에 관한 주옥같은 책을 펴낸 그 사람, 중국에서 25년 북한에서 15년 해외에서 10년 남한에서 12년간 살면서 심지어 알제리 전쟁의 벙커 속에서도 책을 놓아본 적이 없다는 사람. 그 사람이 수감된 후 아내에게 말합니다.

> 당신에게 인고의 쓰라림을 더 이상 안겨주지 않기 위해 '나를 잊어주오'라고 단장의 절규를 한 바 있었지. 그러나 당신 '기다림'으로 '잊음'을 멀리하겠다고, 정녕 기담(奇譚) 같은 큰 사랑으로 화답해왔소. (……) 몇 분의 만남을 위해 한나절을 보내고, 이것저것 마음을 써야 하는 짓궂은 옥바라지가 퍽 힘겹지? 무엇을 자꾸 사들여 보내지 마오. 이제부터는 한 푼이라도 아껴 써야 하지 않겠소?

그동안 차마 말하지 못했던 어린 시절을 편지라는 형식을 통해 아내에게 밝혀가면서 그는 사랑과 부드러움의 힘을 깨달아깝니다.

쉴 새 없이 글을 써대는 나에게 받치고 쓸 것이 없다는 것은 큰 곤욕이 아닐 수 없소. 더구나 무릎 인대가 늘어나고 슬관절에 이상이 생겨 다리가 부석부석 부어 있는 상태에서 두 다리를 포갠 채 바닥에 엉덩이를 붙이고 앉아 아무 데나 대고 쓴다는 것은 고문과 별반 다름없는 고통의 연속이었소.

하지만 그는 아파트 문짝보다 조금 큰 감옥의 그 방을 수행의 도량 삼아 인생을 전진시킵니다. 아내가 넣어준 영치금을 아껴두었다가 아내의 생일날 그것을 다시 보내는 그 마음 씀씀이나, 걱정할까 봐 숨겨두었던 부석부석한 오른쪽 다리를 내보이면서 희묽게 변색된 왼쪽 다리는 차마 더 보여줄 수 없었던 대목에서는 그만 눈물이 핑 돌고 말았습니다. 그러나 그는 그 아픈 다리를 절룩이며 말합니다. 가장 두려운 것은 '늙어서 죽는 것'보다 '늙어서 낡아지는 것'이라고.

언젠가 그가 우리 집에 온 적이 있었습니다. 상당한 영광이었지요. 친구가 주선해서 그분이 대학에서 강연을 한 모양인데 어쩌다가 제 이야기를 했더니 저녁 식사를 마치시고는 저희 집으로 오시고 싶다고 하셨다더군요. 저녁이 밤이 되려고 하는 무렵이었습니다. 술과 안주야 저희 집에 늘 그득합니다만, 저는 당황스러웠습니다. 실은 성모상 앞에 불을 밝혀놓고 기도를 하고 있던 중이었습니다.

투철한 마르크스주의자로 평생을 살아왔고 이슬람 문명을 그토록 이해한 그가 서구의 상징인 로만 가톨릭의 상징 중의 상징, 성모마리아의 상을 보면 무슨 생각을 하실까 싶었고, 또 하나 그나마 진보적이어서 그분이 좋아한다는 한 여성작가가 나약하게 밤마다 고작 기도나 하고 있다고 흉이나 보시진 않을까, 무엇보다 손님을 맞으려면 내가 그분의 문화에 맞추어 드리는 것이 예의가 아닐까…… 얼음을 준비하고 어포를 찢으면서 제 마음은 분주히 그런 생각들을 하고 있었지요. 그런데 저는 그냥 그대로 있기로 마음먹었습니다. 그냥 있는 그대로의 저의 삶, 보이는 그대로의 저의 저녁을 보여드리는 것도 존경의 한 형태라고 생각했기 때문입니다.

아닌 게 아니라 몇몇 지인들과 함께 저희 집에 오셔서 술을 드시는 동안 그분의 눈길이 가끔 촛불이 밝혀진 성모상을 향했습니다. 나직하고 어스름한 불빛 아래서 저는 문득 사막에 있다는 은수자들을 떠올렸습니다. 일흔이 넘으셨다고는 믿을 수 없을 만큼 빛나는 그분의 얼굴. 오래도록 고뇌하고 오래도록 참아냈고 오래도록 사막을 견디어냈다가 이제 막 고개를 들고 별빛을 우러르는 견고하고 맑은 고독을 저는 그 얼굴에서 보았습니다. 입으로는 역사상의 모든 인물들을 도마 위에 올려놓고 마르크스니 레닌이니 스탈린이니 김일성이니 하는 사람들을 때로는 난도질하고 때로는 인정도 해가는 토론의 밤은 그렇게 깊어갔습니다만, 제게는 그것이 내내 기도의 시간인 것만 같았습니다. 다 그분의 그 맑고 깊은 얼굴 때문이었을 것입니다.

따라서 그런 그가 가장 존경하는 작가 루쉰의 책을 제가 집어 든 것은 우연만은 아니었겠지요. 사상가이며 혁명가, 20세기 중국뿐 아니라 동양의 눈 밝은 젊은이들에게 가장 큰 영향을 미친 작가 루쉰입니다. 부모가 억지로 맺어준 아내가 있었기에 그의 사랑은 이미 비극적입니다. 하지만 자신의 아내도 희생자라는 것을 알고 있었기에 그는 고민하고 있었습니다.

사랑을 위해 아내를 버린다면 사회적 비난과 공격의 대상이 되어 (……) 사회투쟁과 문화혁명 사업에 차질을 빚을 것은 불을 보듯 뻔한 상황입니다. 고통과 인생이란 항상 서로 연관되어 있다고 봅니다. 그러한 고통이 잠시 사라질 때가 있다면 단지 깊은 잠에 빠져 있을 때뿐입니다. '오만'과 '냉소주의'는 깨어 있는 동안 현실의 고통을 잊게 해줄 뿐입니다.

막 사랑이 싹틀 때, 마치 예언처럼 그는 그의 연인에게 쓰고 있는 거지요. 그가 자신의 인생과 사회를 다른 것으로 보지 않았기에 그의 사랑은 통속에서 구원됩니다. 그의 사랑은 당시 중국, 신문화와 구문화, 시대 상황과 정서의 모든 충돌들을 내포하고 있는 것이었으니까요.

열일곱 살의 나이 차이, 그리고 제자와 학생, 남과 여, 라는 차이에도 불구하고 루쉰은 그의 연인 광핑을 끊임없는 존중과 신뢰로 대하고 있습니다. 하지만 가끔 이 사람이 정말 쉰을 바라보는 그 혁명적인 대작가가 맞는지 의심이 들기도 합니다. 가령 이런 대목입니다.

서로를 위해 각자 다른 도시에서 떨어져 있기로 한 후, 눈이 빠지도록 편지를 기다립니다. 매일같이 당신의 꿈을 꿉니다. …… 그리고 강의를 듣는 여학생에게 절대로 한눈팔지 않을 것을 맹세합니다. ……먹을 것도 아무거나 먹지 않아요. 술도 줄이고 위험한 바다에서 수영도 하지 않겠다고 약속합니다.

진정한 사랑에 빠진 이들이면 누구나 그렇듯, 그도 실은 꽤 유치합니다. 당연히 이 구절은 '당돌하고 거침없는 질문을 즐기던 조그만 여학생'이며 그의 사상적 동지이자 혁명가였던 광핑의 질책을 받게 됩니다.

그건 그다지 중요한 일이 아니에요. 아무리 맹세한다 해도, 한순간에 저절로 눈이 번쩍 뜨이는 것을 어떻게 막을 수가 있겠어요?

그러나 결국 루쉰은 이 사랑을 감추지 못해 유언비어와 비난은 몹시 거세어집니다. 루쉰은 드디어 거기에 저항하기로 결심합니다.

폭로해도 그만이고 폭발해도 좋다. 과거는 군중을 구원하고픈 마음에서 포용했다. 그러나 지금은 오로지 한 사람만을 구원하고픈 심정이다.

혁명가이자 사상가였던 사람이 마침내 예술가로 남게 된 것은 바로 이 때문이 아닐까, 라는 생각이 들었다면 저의 과민일까요? 솔직히 멋있었습니다. 그가 그녀를 선택해서가 아니라 오로지 한 사람만을 구원하고프다는 그의 진심이 자신의 모든 것을 앗아가버릴 수도 있는 것을 알면서도 그가 이 선언을 했기 때문이고, 그는 이미 쉰 살이 넘은 나이였기 때문입니다. 그건 결코 아무나 할 수 있는 일은 아니었습니다. 젊은이는 혹 그렇게 할 수 있을지 몰라도 말입니다. 그 후 두 사람은 결혼해 8년간을 극진한 사랑 속에서 살다가 루쉰이 먼저 세상을 떠납니다. 그리고 중국 공산당 정부는 루쉰의 이러한 점을 오래도록 숨겨왔다고 합니다.

그리운 J, 이들의 편지가 남은 까닭은, 그래서 오늘 나로 하여금 당신에게 편지를 쓰고야 말게 하는 까닭은 사랑했기 때문이기도 하지만 실은 거리를 두고 사랑했기 때문일 것입니다. 아니었다면, 저는 이렇게 긴 편지를 쓰는 '처음'을 갖는 기쁨도 누리지 못했겠지요. 오늘 저는 아마도 릴케의 『젊은 시인에게 보내는 편지』라는 책을 꺼내 들게 될 것 같습니다. 그리고 옛적에 초록빛 연필로 밑줄 쳐놓은 구절을 다시 읽게 될 것만 같습니다.

인간이 인간을 사랑한다는 것, 그것은 우리에게 부과된 가장 어렵고 궁극적인 것이며 최후의 시련이요, 다른 모든 일이란 실로 그 준비에 불과합니다. 사랑하는 일이란 한결 높고 고독한 독거(獨居)입니다.

아무리 맹세해도 한순간에 눈이 번쩍 뜨이는 것을 막을 수 없듯이 창밖의 하늘은 푸르고 대기는 더할 수 없이 투명한 이 가을을 나는 지금 막을 수 없습니다. 어쩌면 오래도록 헤어져 있을 J, 그러면 안녕히.

나는 하늘과 땅 사이에 산다.

불멸의 신적인 것을 가슴에 품고 있지만 방 안에 혼자 있으면 코를 후빈다.

내 영혼 안에는 인도의 온갖 지혜가 자리하고 있지만

한번은 카페에서 술 취한 돈 많은 사업가와 주먹질하며 싸웠다.

나는 몇 시간씩 물을 응시하고 하늘을 나는 새들을 뒤좇을 수 있지만

어느 주간 신문에 내 책에 대한 파렴치한 논평이 실렸을 때는 자살을 생각했다.

세상만사를 이해하고 슬기롭게 마음의 평정을 유지할 때는 공자의 형제지만

신문에 오른 참석 인사의 명단에 내 이름이 빠져 있으면 울분을 참지 못한다.

나는 숲 가에 서서 가을 단풍에 감탄하면서도

자연에 의혹의 눈으로 꼭 조건을 붙인다.

이성의 보다 고귀한 힘을 믿으면서도

공허한 잡담을 늘어놓는 아둔한 모임에 휩쓸려

내 인생의 저녁 시간의 대부분을 보냈다.

그리고 사랑을 믿지만 돈으로 살 수 있는 여인들과 함께 지낸다.

나는 하늘과 땅 사이의 인간인 탓에

하늘을 믿고 땅을 믿는다.

아멘

―「하늘과 땅」, 산도르 마라이

하늘과 땅 사이

　　　　　　　　　　J, 세상이 나를 두고 안 돼, 안 돼 하는 날이 있습니다. 나무들이 서서 킬킬거리며 나의 어리석음을 비웃고 바람조차 휑하니 날 두고 저희들끼리 몰려가버리는 그런 날이. 청소기로 방을 밀고 걸레로 먼지를 닦다가 이게 뭐야, 이게 뭐야, 주저앉고 싶은 날이 있습니다.

　그럴 때 나는 산도르 마라이를 생각합니다. 그러고는 걸레도 팽개치고 앉아 산도르 마라이를 꺼내 듭니다. 처음 저는 그를 불행했던 사람이라고 생각했었습니다. 스물몇 살부터 서유럽을 전전하던 이 헝가리 소설가가 "나의 모국어는 오직 헝가리 어일 뿐"이라며 다시 조국으로 돌아갔을 때 그는 공산화된 조국에서 쫓겨납니다. 그를 국외로 추방시킨 장본인이 제가 좋아하던 루카치라는 것을 알게 되었을 때의 당황함도 기억납니다. 공산 헝가리 정부에서 승승장구하던 루카치가 그를 보수주의자로 몰자 마라이는 더 이상 설 곳이 없었던 것입니다. 쉰이 다 된 나이에 그는 조국을 떠나 다시 국외를 떠돌기 시작합니다. 그러나 그는 쉼 없는 저작을 계속합니다.

그는 헝가리 망명 인사들의 모임에도 참석하지 않고, 헝가리 문인협회가 정치적 화해의 표시로 발송한 초대장도 거절합니다. 헝가리에서의 자신의 희곡 상연과 작품 출판도 금지했습니다. 그의 노여움이 그의 슬픔이 느껴지는 대목이지요.

1997년, 자살하기 이 년 전 거의 아흔이 다 된 그는 이렇게 적고 있습니다.

식물인간에 가까운 생활. 집 밖으로 거의 나가지 않는다. 노쇠한 몸 때문에 몇 걸음 걸은 뒤엔 곧바로 앉아서 쉬어야 한다.

가끔 편지를 쓴다, 간결하게. 그러고는 아무것도 하지 않는다. 밤에 불을 끄기 전에 읽고 싶은 책들—소포클레스, 세르반테스—은 몇 달 전부터 건드리지도 못하고 있다. '문학'이라는 말이 떠오르면 신물이 난다. 모든 말은 진실을 감출 뿐, 진실을 드러내지 못한다.

마라이는 20세기에 태어난 작가 중에 정말 드물게도 '영혼' 혹은 '운명' 그 자체에 대해 이야기하는 소설가입니다. 감히 말하자면 저는 그를 이해할 수 있을 것 같으며 또 그가 왜 그런 단어에 대해 몰두했는지 알 것만 같습니다. 운명이 자신을 바보로 만들어놓으려고 할 때 거기에 저항하려는 자는 언제나 피투성이가 되지만 그 운명에 대해 인간이 할 수 있는 일이라고는 그것을 정면으로 바라보는 일, 피하지 않고 그저 정면으로 바라보는 일밖에 없다는 것을 제가 알고 있다면 오만일까요?

용감하게 사랑하지 않았기 때문에 삶에 대해 빚을 진 것이라 말하는 『유언』이나 오로지 죽은 자만이 진실을 말할 수 있다고 말하는 『열정』을 통해, 마라이는 운명의 불가해한 힘에 대해 이야기하고 있습니다. 그에 의하면 운명은 '우연히 닥치는 불행이 아니라, 가늠할 수 없고 이해하기 어려운 여러 가지 관계의 피할 수 없는 결과'입니다. 그러기에 아마 그에게 운명은 삶의 동인이자 결과였는지도 모릅니다.

제가 처음 읽고 매혹당한 소설 『열정』에는 이런 구절이 나옵니다.

중요한 문제들은 결국 언제나 전 생애로 대답한다네.

그동안에 무슨 말을 하고 어떤 원칙이나 말을 내세워 변명하고, 이런 것들이 과연 중요할까?

결국 모든 것의 끝에 가면

세상이 끈질기게 던지는 질문에 전 생애로 대답하는 법이네.

너는 누구냐? 너는 진정 무엇을 원했느냐?

너는 진정 무엇을 할 수 있었느냐?

J, 저는 요즘 가끔 행복이란 무엇이고 불행이란 무엇일까 생

각합니다. 행복하겠다, 짐작하는 사람들에게서 불행의 기미를 알아차리게 되고, 불행할 거라 확신했던 사람들에게서 이루 말할 수 없는 평화를 보기도 합니다. 무엇보다 저 자신에게 그러한지도 모릅니다. 그것을 가지면 행복할 것 같아 모든 것을 지불하고 가져왔던 것들이 제게 불행을 가져다주었습니다. 반대로 그것을 놓아버리면 죽어버릴 것 같아 움켜쥐고 있던 것을 놓아버리자 뜻밖에도 자유와 평화가 온 것입니다.

산도르 마라이, 아흔이 다 된 나이에 혼자서 미국의 한 도시에서 권총 자살로 생을 마감한 그. 이럴 때는 아흔이라는 복된 장수조차 형벌이었다는 생각도 듭니다. 도대체 무엇이 우리의 행복과 불행을 감히 객관이라는 말로 정의할 수 있단 말입니까?

J, 마라이의 책을 덮고 다시 걸레를 집어 들어 창틀을 닦습니다. 그러면 그가 가만히 제게 말을 건네옵니다.

그런데도 오늘 또
언제까지나 그렇듯 삶은 우리에게 넘치도록 베푼다!

두 손 가득히 선물을 한다.

아침과 오후

황혼과 별

나무의 텁텁한 내음

강을 흐르는 푸르른 물살

빛나는 눈빛

외로움과 소음!

이 모든 것이 존재하다니

나는 얼마나 부자인가.

이 얼마나 풍성한 선물인가.

매 시각 매 순간마다 이렇게 넘치다니!

이것은 선물, 불가사의한 선물이다.

나는 머리가 바닥에 닿도록 감사하고 싶은 마음이다.

놓아버리면 죽어버릴 것 같아

움켜쥐고 있던 것을 놓아버리자

뜻밖에도 자유와 평화가 온 것입니다.

저음으로 말할 것
잔잔하게 웃을 것

햇빛을 가득하게
음악은 고풍으로

그리고 목숨을 걸고
그 평화를 지킬 것

— 「가정」, 유자효

자유롭게 그러나 평화롭게

          요즘 고민하고 계시는 문제는 무엇이냐는 질문을 가끔 받습니다. 물론 늘 고민하고 있는 문제도 있습니다. 돈 문제, 아이들 교육 문제, 막연한 노후 문제, 약속해버린 다음 책의 집필 시기 문제, 그보다 더욱더 마감이 코앞에 닥친 원고 문제, 사회적 책임을 묻는다면 뭐 인권 문제, 통일 문제, 경제 문제…….

  하지만 좀 더 내면으로 들어가 묻는다면 사실 스스로에게 늘 대답하고 있기는 합니다. 평화와 자유에 대한 것이라고. 제가 만일 신촌의 큰 거리를 맨발로 걷는다면 그것은 자유일까요? 그 자유에 평화가 있다면 자유라고 생각합니다. 그러나 평화가 깃들지 않는다면 그것은 일종의 퍼포먼스겠지요. 삶조차 자유이기 위해 평화를 필요로 합니다. 아니라면 관객을 의식하는 연극이 되어버리겠지요. 저 자신, 보이지 않는 수많은 관객을 위해 저 자신에게 많은 잘못을 저질러왔습니다.

한 사십 년 사는 동안 남들이 굳이 안 겪어도 될 별별 일을 많이 겪다 보니, 저에게 평화라는 단어는 아주 소중한 것이 되었습니다. 제발 아무 일도 일어나지 않기를 바랐던 것이지요. 아무 일도 일어나지 않으면 내가 좀 평화로울 수 있다는 것은 평화가 깨지는 원인을 밖에서 찾았다는 말도 된다는 것을 안 것은 최근이었습니다. 밖이라는 데가 원래 일이 일어나지 않을 재간이 없는 곳이다 보니 저의 평화는 도저히 찾을 수가 없었습니다. 그것도 모르고 저는 하늘을 향해 내게 평화를 주지 않는다고 원망을 해댔던 것을 생각하면 약간 우습기조차 합니다. 그 하늘조차도 구름 끼고 비 오고 해 뜨고 해 지고 하루에도 수백 번 그 빛조차 일정하지 않은데 말입니다.

이 모든 것이 실은 내면의 문제일 가능성을 발견하게 되면서 저는 난데없는 평화를 좀 누리게 되었습니다. 그리고 그 좋은 것을 약간 맛본 이후부터는 세상 무엇을 준대도 그 평화와 바꿀 수 없다는 기특한 생각을 저절로 하게 된 것입니다. 그래서 오늘은 젓가락 이야기를 하고 싶습니다. 젓가락, 말입니다.

뚱딴지같이 자유와 평화 이야기를 하면서 젓가락 이야기로 이어가는 까닭은 잦은 해외여행으로 하루에 세 번 마주쳐야 하는 포크와 젓가락을 비교할 일이 좀 많았기 때문이기도 합니다. 음식을 포크에 찔러 먹는다는 것은 가장 단순한 방법인 것 같지만 사실 굉장히 불편한 방법이기도 합니다. 무언가를 꿰뚫는 것은 자연의 모든 사물들과 그렇게 어울리는 방법은 아닌 것 같았기 때문입니다. 찌른다는 것은 말하자면 사물의 본형을 깨뜨리는 방법이기도 하다는 생각이 들었던 것입니다.

이렇게 포크로 음식을 먹으면서 젓가락을 그리워하다가 생각해보니, 사실 젓가락이라는 것처럼 허망하게 생긴 도구가 또 있을까 싶습니다. 원시시대에 음식을 먹는 도구를 발명해 냈다고 누군가 막대기 두 개를 들고 왔다면 비웃음을 샀을 것만 같습니다. 그것은 뭐 어디가 딱히 뾰족한 것도 아니고 특수한 고리로 두 개가 연결된 것도 아니고 어떤 일정한 모양으로 공을 들여 변형시킨 것도 아니고 누구라도 긴 막대 두 개만 가지면 만들 수 있는 우스꽝스러운 도구이지요.

그런데 그 젓가락이라는 것은 남을 찌르지도 않고 사물의 원형을 보존한 채로 결합하며 꼭 필요한 서로인 다른 짝을 용접하거나 고리로 짜서 얽어매지도 않고 자신의 할 일을 해냅니다. 그리고 일을 끝낸 다음에는 제각기 흩어져 자신 스스로 존재하면 그뿐입니다. 게다가 그 둘 사이에는 무한한 공간이 있습니다. 하나가 사라지면 다른 것과 파트너가 되어 제 할 일을 하면 그뿐, 신발처럼 짝이 맞지 않아 멀쩡한 하나가 버려지는 일도 없을 것이니까요. 그러므로 그 둘은 짝이면서도 자유롭습니다. 네가 아니면 안 된다고 울부짖을 필요도 없겠지요. 무심히 가고 무심히 오나 서로가 없으면 아무것도 아닌 것. 젓가락 하나 가지고 제가 너무 과대망상을 떨었나요?

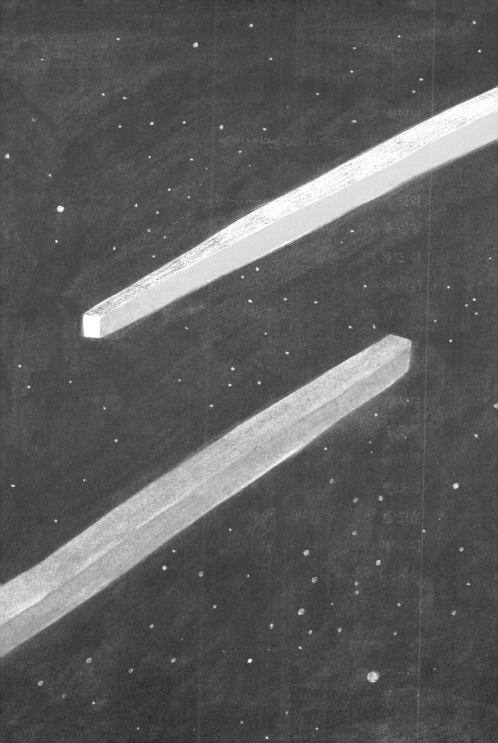

J, 목숨을 걸고 평화를 지키는 것은 아름다운 일이겠지요. 그러나 그 평화도 한 색깔은 아닙니다. 눈 내리고 바람 불고 꽃이 피고 집니다. J, 그러니 평화도 실은 제가 오래도록 믿어 왔던 그 평화가 아니었던가요?

이 모든 것이 실은

내면의 문제일 가능성을 발견하게 되면서

저는 난데없는 평화를 좀 누리게 되었습니다.

내 나이 열다섯 살 때

나는

무엇을 위해 죽어야 하는가를 놓고 깊이 고민했다

그리고 그 죽음조자도 기꺼이 받아들일 수 있는

하나의 이상을 찾게 된다면

나는 비로소 기꺼이 목숨을 바칠 것을 결심했다

먼저 나는

가장 품위 있게 죽을 수 있는 방법부터 생각했다

그렇지 않으면

내 모든 것을 잃어버릴 것 같았기 때문이다

문득

잭 런던이 쓴 옛날이야기가 떠올랐다

죽음에 임박한 주인공이

마음속으로

차가운 알레스카의 황야 같은 곳에서

혼자 나무에 기댄 채

외로이 죽어가기로 결심한다는 이야기였다

그것이 내가 생각한 유일한 죽음의 모습이었다

— 「나의 삶」, 체 게바라

별은 반딧불로 보이는 것을
두려워하지 않는다

                J, 오늘은 체 게바라에 대한 몇 권의 책을 읽었습니다.

"세상에 제정신이란 말인가? 공산주의가 몰락한 마당에 누가 체 게바라에게 관심을 가진단 말인가?"

일간 《파리지엥》의 전문 기자 장 코르미에가 체 게바라 평전 원고를 들고 와서 로쉐 출판사의 동의를 얻어냈을 때 그들이 가장 많이 들어야 했던 말이 바로 이것이었다고 합니다. 그것이 지금으로부터 십여 년 전의 일이었습니다. 그런데 예상과는 달리 전 세계에는 '제정신이 아닌' 젊은이들로 넘쳐나서 프랑스에서 나온 이 책은 단박에 베스트셀러가 되었고 그로부터 이 년 후인 1997년 10월 9일, 그가 처형된 지 삼십 주년이 되던 날, 그가 싸워야 하는 대상이었던 제국주의 미국과 유럽의 젊은이들은 광장에 모여 체 게바라를 추모하는 열기를 뿜어냈습니다. 삼십 년 전 그가 처형된 직후 68학생혁명이 프랑스에서 일어났던 것을 연상케 하는 놀라운 일이었다고 외신은 전하더군요.

그 후 미국과 유럽의 광장은 검은 베레모에 수염을 기른 체 게바라의 티셔츠를 입고 다니는 젊은이들로 넘쳐났고 시위대의 깃발에는 그 시위의 내용이 무엇이든 그의 얼굴이 새겨진 깃발이 나부꼈습니다. 언제나 다수의 눈치를 보며 번창해온 자본주의 기업들은 체 시계(스위스)와 체 맥주(영국)를 만들어냈고, 그를 처형한 후 두 팔을 잘라 전리품으로 중앙정부로 보냈던 나라 볼리비아는 '체 게바라 성지 순례'를 기획하기에 이르렀다고 합니다.

어째서 이런 일이 벌어졌을까요? 어째서 세상에는 한물간

이념을 위해 목숨을 바쳤던 한 사람을 추모하는 '제정신이 아닌' 인간들로 넘쳐나는 것일까요? 그리하여 그 물결은 어찌 이 극동의 분단된 나라, 이념으로 분단되어 있으면서도 이념은 자기 동네의 미운 놈을 공격하기 위해 사용하는 것 이외에는 쓸모없는 것으로 여기는 이 나라에서 23종의 책을 만들어 내고 그중 몇 권은 수년 동안 베스트셀러에 오르게 하는 기염을 토해낸 것일까요? 그가 대체 우리에게 무엇이기에 말입니다.

J, '체 게바라'라는 이름을 들으면 저는 아직도 목이 멥니다. 구분하고 딱지 붙이기 좋아하는 요즘 사람들이 너는 386세대니까, 라고 한다면 뭐라 할 말은 없겠지만 레닌이나 모택동이나 카스트로를 생각하면 그렇지 않은 게 그를 생각하면 목이 메고 맙니다. 그가 잘생겨서 그럴 수도 있지요. 언제나 삐딱한 표정으로 시가를 물고 전장에서도 괴테의 책을 놓지 않았던 사람이어서 그럴 수도 있습니다. 실은 나랑은 아무 상관도 없지만 아르헨티나에서 태어나 쿠바에서 싸우고 볼리비아에서 죽어간 의학박사, 젊은 시절 책으로 본 대륙을 온몸으로

느끼고 싶어서 떠난 대륙 여행 첫머리에서 나병 환자들을 만나고는 "의사로서 내가 할 수 있는 일은 내가 아무것도 할 수 없다는 것을 깨닫는 일일 뿐"이라고 고백하고 그 나병환자들을 껴안고 빗속에서 울었던 사람이어서도 그럴 것입니다.

산중에 쓸쓸히 서 있는 오두막

계속되는 굶주림과 수탈

벼룩……

저주받은 것들

사방에 버려진 넝마주이 아이들

허망한 꿈에 젖은 눈동자들

뼈만 앙상하게 남은 팔

영양결핍으로 불룩 튀어나온 배

그리고 아메리카……

"사랑과 정의감 그리고 관대함 없이는 진정한 혁명가일 수 없다"면서 정부군을 향해 총을 쏠 때 "총구를 움켜쥔 채 두려움에 떠는 그 젊은이들도 모두가 사랑하는 내 형제들인데 싶어서 고통을 줄여주려고 총을 조심해서 심장에 겨누었다"고 일기에 적고 있는 사람이어서도 그렇습니다. 쿠바에서 카스트로와 함께 혁명을 성공시키고 국립은행 총재까지 지냈지만 2인자의 자리를 과감하게 포기하고 다시 콩고로 볼리비아로 총을 들고 떠났던 사람이어서도 그럴 것입니다. 당시 그에게 퍼부어졌던 비난의 말대로 "씨를 뿌려놓고 열매도 따 먹을 줄 모르는 바보"여서 아마도 제가 무장해제를 당해버렸는지도 모릅니다. 아직도 볼리비아에 가면 바보 예수와 바보인 그의 초상이 나란히 집집마다 걸려 있다는데 저는 바보에 약하기 때문인지도 모릅니다.

열다섯 살 때 무엇을 위해 죽어야 하는지를 깊이 고민하고 가난한 사람들을 위해 차가운 알래스카 황야 같은 데서 혼자 나무에 기댄 채 외로이 죽어가기로 결심하고 그렇게 죽어간 그 바보가 이상에 헌신했다면, 우리가 옳다고 알고 있지만 차마 무섭고 차마 귀찮아서 못하는 일을 목숨까지 바쳐서 했다면, 그만 꼼짝 못해버리는 유전자가 제 안에 있기 때문에도 그렇습니다. 죽기 전 모든 것이 끔찍했던 산속에서 사랑하는 애마를 죽여 고기를 나눌 때 자신의 접시에 고기 한 점을 더 준 취사병을 쫓아내면서 "그는 한 사람의 호감을 얻기 위해 많은 사람들의 평등을 모독했다"라고 쓰는 대목에 이르면 저는 차라리 그만 그를 외면하고 싶어지기도 했습니다.

이념은 한물갔다고 말하는 사람들이 모르는 것이 있습니다. 대체 오래전 죽은 한 실패한 혁명가가 왜 사람들을 이렇게 열광시키고 있는지 모른다고 말하는 사람들이 진짜 모르는 것이 있습니다. "젊은이들이여, 리얼리스트가 되라. 그러나 불가능한 꿈을 꾸어라"라고 말하는 그의 일생을 담은 책을, 소심하게 취직 시험이나 준비하고 겨우겨우 오늘 하루를 조금 더 이익 남길 궁리나 하는 인간들이 왜 그렇게 끼고 다니며 읽는지.

"당신은 당신을 파멸시키는 이 사회에 얼마나 기여하고 있는지 아직 깨닫지 못하고 있다"고 우리에게 일갈하는 그는 누구입니까. 우리에게 그는 미완의 혁명가, 실패한 전사, 그러나 그렇게 죽어서 별이 된 사람, 도달할 수 없는 유토피아를 확인

시킨 사람. 그러나 그것에 헌신할 때 인간은 이미 유토피아를 획득하고는 죽어서도 영원히 사는 법을 우리에게 말하고 있기 때문일 것입니다. 인간은 그렇게 먹이 찌꺼기나 쫓아다니는 초라한 존재가 아니라고 말하고 있기 때문일 것입니다. 혁명을 완성시켜놓고 쿠바를 떠나며 그는 말했습니다.

"내가 이루고 싶었던 그 많은 희망들 중에서 가장 순수한 희망만을 남겨놓고 떠나갑니다."

그리고 어린 딸에게 편지를 보내죠.

"이 세상 어디선가 누군가에게 행해질 불의를 깨달을 수 있는 능력을 네가 키웠으면 좋겠다."

그의 심장이 식어가는 우리의 심장을 데웁니다. 우리는 가슴 깊은 곳에서 그런 사람이 되고 싶어 하고 있다는 것을 저는 압니다. 내가 살아가는 이유가 때때로 당신이 살아가는 이유가 되고 짐짓 모른 체하고는 있지만, 세상 건너편의 전쟁과 수탈이 우리의 일상과 무심한 표정과는 달리 실은 우리를 진정 괴롭게 하고 있습니다.

비틀스의 노래를 들으면서 "저 음표 어딘가에 세계의 젊은 이들이 열광하는 이유가 숨어 있으리라"고 그는 말했습니다. 그러니 그의 얼굴 어디엔가 우리가 그에게 열광하는 이유가 분명 숨어 있겠지요. 민족과 내 나라의 한계를 넘어선 인터내셔널리스트, 권력을 거부한 아나키스트, 시집을 끼고 다니고 여인의 입술을 그리워했던 로맨티스트, 부유한 가정에서 태어나 의사의 길을 접고 가난한 사람을 찾아나선, 무엇보다 그는 따뜻한 사람이었기 때문일 것입니다. 그리고 가끔 우리 모두도 그를 따라 그 길을 떠나고 있고 떠나고 싶기 때문일 것입니다. '초라한 우리도 실은 그 마음 깊숙이에 빛나는 혁명의 별을 품은 소중한 존재들'이라는 것을 그가 가르쳐주기 때문일 것입니다.

J, 그를 생각하면 나는 아직도 내가 인간이라는 것이 좋고 또 괴롭습니다.

"젊은이들이여, 리얼리스트가 되라. 그러나 불가능한 꿈을 꾸어라."

외로움

빗방울처럼
나는 혼자였다
오, 나의 연인이여, 빗방울처럼
슬퍼하지 마
내일 네가 여행에서 돌아온다면
내일 내 가슴에 있는 돌이 꽃을 피운다면
내일 나는 너를 위해 달을
오전의 별을
꽃 정원을 살 것이다
그러나 나는, 오늘, 혼자다
오, 빗방울처럼 흔들리는 나의 연인이여

— 「비엔나에서 온 까씨다들」 중에서, 압둘 와합 알바야티

빗방울처럼 나는 혼자였다

　　　　　　　　　사랑하는 J, 어느 겨울 저는 유
럽에 있었습니다. 커다란 트렁크를 들고 사진기를 메고 차가
운 유럽 대륙의 습기가 옷 속으로 파고드는 길을 헤매어 다니
고 있었지요.

　낯설고 물 설은 곳을 헤매어 다닐 때 저는 어떤 작가도 누
구의 아내도 누구의 엄마도 아닌 철저하게 익명의 한 사람이
었습니다. 기차를 기다리느라 밤 기차역에 서 있으면 주황색
나트륨등 아래로 내가 알지 못하는 이국의 언어들이 스피커

를 통해 들려오고 그 소리에 겹쳐져 서울에서 언니가 며칠 전 유방암 수술을 받았다는 전갈이 귀에 웅웅거렸습니다. 가슴 한쪽을 잘라내고 붕대를 감고 있을 언니의 모습이 어린 시절 언제나 나보다 너무나 키가 컸던 언니의 얼굴과 겹쳐져 다가 왔습니다.

언니의 수술은 언니와 나의 삶을 이 지상에서 더 지속시켜 줄 수 있을까. 모시던 시어머니와 불화하던 언니. 형부는 어머 니가 사시면 얼마나 더 사시겠느냐고 오랜 시간 언니를 달랬 지만 이제 언니의 병상 앞에 쓰러져 통곡했다고 했습니다. 죽 음에 노소가 없어진 지금 어떤 변명도 형부에게 위안이 되지 못했겠지요. 그건 언니의 시어머니도 형부도 언니도 누구도 의도하지 않은 일이었지만 냉정히 되돌아보면 그들 모두의 책 임이기도 합니다. 안개에 가려져 그 끝을 알 수 없는 기찻길을 바라보며 나는 그저 멍청해 있었습니다. 내가 그 낯선 기차역 에 쓰러져 톨스토이처럼 죽는다 한들 낯선 도시의 지명을 단 기차들은 휘황한 불을 밝히고 도착했다가 시간이 차면 또 떠 나겠지요. 그건 나의 탓도 기차의 탓도 아니지만 역시 나의 책임이고 기차의 책임이기도 할 것입니다.

저는 기차에 올라타 다음 목적지로 떠났습니다. 정거장과 정거장을 지나치고 날이 저물어 하룻밤 몸을 누이는 곳은 내일이면 다시 떠나야 할 자리. 누군가의 말대로 삶은 낯선 여인숙에서의 하룻밤과 같다는 말이 고독과 침묵 속에서 선연히 새겨지던 나날이었습니다.

가끔 누군가와 동행을 할 때도 있었지만 그도 나도 우리가 곧 헤어져야 한다는 사실을 잊은 적은 없었습니다. 그랬기 때문일까요? 저는 이곳에서는 친절했고 순한 얼굴로 그들을 대했습니다. 차창 밖으로 스쳐 지나가던 헐벗은 겨울 풍경에게 조차 관대할 수 있었습니다. 그것들도 나도 우리가 서로에게 매이지 못할 존재라는 것을 알고 있었기 때문이지요. 모두가 내 것이 아니었습니다. 내 부모 내 가족 내 친구들 어쩌면 내가 아침마다 만나는 내 육신조차도. 그리고 나니 내 배의 군살에게도, 어릴 때부터 맘에 들어하지 않았던 내 입술에게도 문득 고맙고 미안했습니다. 이 지상에 도착한 이래 저는 그 모든 것들이 내 것이라고 여기며 살았으니까요. 때로는 너무도 지긋지긋해서 모든 것을 버리고 도망치고 싶었으니까요. 왜냐하면 이 모든 것들이 끝없이 지속될 거라는 착각 때문이었습니다.

그렇게 여기로 돌아왔지만 삶은 계속되고 있었습니다. 한 번도 끊어지지 않았던 고리처럼 연결되어 나는 아이들에게 고함을 질렀고 인색한 슈퍼 아줌마를 욕했고 길거리의 맞춤법 틀린 간판 글씨를 견딜 수 없어했습니다. 날마다 처리해야 하는 쓰레기가 방을 가득 뒤덮었고 저는 거기서 날것의 삶을 실습했습니다. 레슬링 하듯 그 무게를 감당하고 버티고 쓰러뜨리다가 쓰러지며 저는 거기서 무엇을 얻었어야 했나요.

J, 이 모든 것이 사실은 나의 의지와 별개로 진행된다는 허무의 암반에 다시 도달했을 뿐입니다. 저는 또 헛되이 저를 믿었습니다. 헨리 나우웬의 말대로 십여 년 전에는 현재의 내 모습이 되어 있을 것을 전혀 상상하지도 못했으면서 아직도 내가 내 삶을 주관할 수 있다는 익숙한 망상에 또다시 빠져들었던 것이지요.

그러자 입이 다물어졌습니다. 거울 속의 내 모습, 사람들의 망막 위에 투사될 내 실루엣, 나는 어쩌면 그것을 위해 인생을 연극하듯 살고 있었던 것이었을까요? 나는 사람들 앞에서 말쑥하게 보이길 원했고 조금이라도 손해를 보고 싶지 않았고 어디를 가고 누구를 만나든 간에 언제나 내가 그들에게 보여주고 싶은 어떤 이미지를 가지고 있었습니다. 그러니 나는 무대의상을 입었고 당연히 편안하지 못했고 자연스럽지 못했고 그래서 그냥 길가에 앉아 편안히 쉬는 그냥의 자유를 알지 못했습니다.

내 삶은 한 신에서 다음 신으로 이어졌고 한 주제에서 다음 주제로 넘어갔습니다. 내 삶은 살아 있는 삶이 아니라 꾸며진 각본이었을 뿐인지도 모릅니다.

허상, 내 삶의 헛된 동력인 그 허상을 놓아버리고 나니, 끊는 게 아니고 그냥 놓아버리고 나니 무대가 사라졌습니다. 무대가 사라지니 의상도 역할도 필요가 없어져버렸지요. 나는 무대를 걸어 나와서 거리로 나가고 싶어졌습니다. 숲과 나무들과 하늘을 보고 각본에도 없는 난데없는 바람을 그저 느끼고 싶어졌습니다. 두서없는 말을 하고 음정 틀린 노래를 부르며 이도 닦지 않고 세수하기 싫으면 그냥 하지 않고 싶어진 것입니다. 글을 쓰고 책을 읽고 음악을 들으며 친구를 만나 향기로운 음식과 술을 마시고 즐기며 볕 좋은 날에는 낮잠을 자고 깨달을 게 있으면 깨달아 노트에 적어놓고 풀리지 않는 문제는 내 마음의 선반에 얹어놓으며 그냥 살고 싶었습니다. 어떻게 살겠다고 다시는 결심하고 싶어지지 않은 것입니다. J, 저는 달력의 일정을 하나씩 지울 수 있을 때까지 지웠습니다.

어린 시절 왜 그렇게 어른이 되고 싶었을까요. 콩깍지 속의 콩처럼 나란히 누워 이불을 펴놓고 자던 우리 형제들이 하나씩 제 방을 찾아 떠나고 겹겹이 접어 넣은 바짓단을 더 이상 내리지 않게 됐을 때, 형제들과 함께 쓰는 기다란 서랍장에서 내가 무슨 옷을 꺼내 입든 엄마가 더 이상 아무 말도 하지 않게 되었을 때, 대학에 입학한 첫해 미성년자 관람 불가 영화를 볼 수 있었을 때, 더 이상 누구도 나에게 반말을 하지 않았을 때, 아마도 나는 내가 어른이 되었다고 느꼈는지 모르겠습니다. 그때 나는 너무 좋아서 이제 나는 자유라고 굳게 믿었던 것이지요.

그런데 어른이 되었지만 나는 자유롭지 않았습니다. 가족이 생겨났고 할 일이 쌓여갔고 어린 시절은 차라리 그리운 영상으로 다가왔습니다. 유행가 가사처럼 등이 휠 것 같은 삶의 무게가 등에 얹혀져 떠나지 않았지요.

지켜야 할 약속과 해내야 할 결정과 부모의 안부와 어린 것들의 교육, 대출 받은 돈의 이자와 통장의 잔고가 그물처럼 저를 동여매었습니다. 그렇게 마흔이 넘어가고 있었지요. 그러는 동안 멀쩡했던 선배가 쓰러져 의식이 없다는 소식이 들려오고, 방사선 치료를 받으러 다니는 언니의 머리칼처럼 우수수 나날들이 떨어져 내리고 있었습니다.

J, 가끔 제정신이 드는 날에는 살아 있는 나날에 대해 생각하게 됩니다. 정말 나이가 들었기 때문일까요, 아니면 이제야 삶의 의미에 대해 생각하게 되어서일까요. 만일 내가 느닷없이 일 년만 살게 되었다는 선고를 받는다면, 하는 생각을 요즘은 자주 합니다. 만일 그렇다면 나는 진정 무엇이 하고 싶을까요.

어제는 가족들과 된장찌개가 맛있는 고깃집에 갔다가 메주를 담그고 싶다는 생각을 했습니다. 내가 늙으면 우선 도시의 집을 팔아 텃밭이 자그마한 시골집으로 옮겨 가서 텃밭 가득 콩씨를 뿌리고 싶다고, 여름이면 콩잎을 솎아 된장에 쪄서 먹고 가을이 오면 누런 콩잎에 젓갈을 넣어 삭히며, 가을이 깊어지는 어느 날에는 말라붙은 콩깍지에서 희디흰 콩을 골라내 아궁이에 불을 붙여 콩이 무를 때까지 삶아낸 후 구수한 김이 오르는 가마솥을 열고 무른 콩을 절구에 찧어 둥근 메주를 매달면 한 해가 저물어갈 것이고, 날이 차가워질 무렵 처마 밑에 주렁주렁 매달린 메주를 보면 나는 어쩌면 행복하다고 생각할지도 모르겠습니다. 내가 그 메주의 결실인 간장과 된장을 먹을 수 있든 없든 그것은 아무런 문제가 되지 않을 것입니다.

그러고 나면 내가 사랑하는 사람들을 하나씩 안으며 고맙다고 말해주고 싶습니다. 이미 내 곁에 없어서 몸으로 껴안을 수 없는 이들의 이름도 하나씩 불러보며, 아주 보잘것없을 만큼 작은 것이긴 했지만 그래도 사랑하는 마음이 있어서 내 인생이 환했노라고, 명예도 멍에도 재물도 가난도 모두가 그것을 위해서였노라고 말해주고 싶습니다.

그런데 문득 그런 생각이 들었습니다. 늙어서 할 수 있는 일, 죽음을 선고받으면 할 수 있는 일, 그걸 지금 못하는 이유는 무엇일까. 가끔 죽음을 생각하는 것, 가끔 이 나날들의 마지막을 생각하는 것, 그것이 우리의 삶을 오히려 풍요롭게 해주는 이 역설의 아름다움을 분명 알고 있으면서 지금 그렇게 하지 못하는 이유는 무엇일까, 하고요.

J, 올해가 가기 전에는 기필코 저를 안면도로 데려가주세요. 거기서 오래오래 지는 해를 바라보고 싶습니다. 섬 끝에 배가 정착한 영목항에는 오늘도 해가 지고 있겠지요…….

느닷없이 일 년만 살게 되었다는 선고를 받는다면,

하는 생각을 요즘은 자주 합니다.

만일 그렇다면 나는 진정 무엇이 하고 싶을까요.

사랑하는 벌

북풍과 함께 돌아왔다
제비와 함께
노래와 함께
날개에 얼음을 물들인다
꿈을 꾼다 봄에 죽었던 사랑의 기억들을
회상한다
죽었다
검은 꽃들이
서리 속에서
다시 피어난다

죽음과 세월

나의 연인, 우리의
모든 친구들이 죽었다
세월과
슬픈 노래들만이 남았다
내 친구
아흐마드 2세조차도
알라의 축복으로 죽었다. 내 친구
아흐마드 2세
우리가 조국으로 돌아간다면 너는 뭐라 말할까
우리는 그곳에서 아는 사람을 만나지 못했다
너는 뭐라 말할까?
슬픈 참새여

— 「비엔나에서 온 까씨다들」 중에서, 압둘 와합 알바야티

사랑했던 벌

J, 그대를 만나기 오래전 어느 봄날, 저는 낯선 도시의 영화관에 홀로 앉아 있었습니다. 오래된 쿠바의 모습을 가지가지로 담아내는 영화관, 좌석은 텅 비어 있었고 영화는 재미없었습니다. 몸을 최대한 낮춘 자세로 좌석에 기대어 반쯤을 졸고 반쯤은 멍해지면서 종일 그렇게 극장에 앉아 있었습니다.

생은 오래된 병력(病歷)처럼 나를 또 다른 고통 속으로 데려가려 하고 있었습니다. 슬퍼할 힘도 기력도 남아 있지 않았습니다. 슬퍼하는 데도 힘이 필요하다는 것을 그때 처음 알았지요. 저는 그냥 그 어두컴컴한 극장 안에 저 자신을 내버려두기로 마음먹었습니다. 마음이 많이 부대끼는 날에는 몸이 통통 부어오르는데 그것도 그냥 견뎌보기로 했지요. 운전을 하고 꽃무리 속을 달려가거나 신호등이 푸른빛으로 바뀌어 막 액셀러레이터에 발을 올려놓고 힘을 주려고 하는 그 찰나, 돌발상황처럼 얼굴이 구겨지고 눈물이 용수철처럼 튀어 오르기도 했습니다. 울어야 한다고 저는 생각했습니다. 지치는 것에 지칠 때까지, 그 하나가 먼저 지칠 때까지 말입니다. 봄꽃 화사한 길 가에 차를 세우고 앉아 있었습니다. 그곳이 아니고는 천지간 혼자 있을 수 있는 곳조차 없었습니다.

그런데 그렇게 혼자 내려온 도시, 사람 없는 극장의 스크린에서 비춰지는 쿠바 속에서 저는 뜻밖에도 롤러코스트를 탄 듯 요동치는 저의 젊은 날과 만나고 있었습니다. 함성과 저항, 시위와 죽음, 흐릿한 안개가 걷히는 것처럼 시야가 조금씩 넓어지고 있었습니다.

불의에 저항하는 모든 이를 친구처럼 여기던 젊은 날이 있었습니다. 압둘 와합 알바야티. 지금은 미국에 점령된 이라크의 반체제 시인. 오랜 망명 생활 동안 이국의 낯선 도시들을 떠돌며 살아야 했던 그. 낯선 도시의 식당으로 혼자서는 들어 갈 수가 없어서 서점에 가니까 이름을 두 번 읽기도 어려운 그의 시집이 있더군요. 그는 그들이 "너의 발톱을 모두 뽑고" "밤 새 너를 때리고" 했다는 것을 알고 있었습니다. 그는 '너'의 두 눈에는 '긍지의 폭풍이 있으며' 파시스트에게 인간이 '어떻게 죽는지를' '먼지가 어떻게 사라지는가'를 역사 속에서 가르쳐 준 친구들을 둔 사람이었습니다. 그러나 그것이 자신이 아니 고 친구였기에 그는 브레히트의 말처럼 "살아남은 자의 슬픔" 을 가지고 있었습니다.

저에게는 한때 고문대에 올라간 적이 있는 친구들이 있습니 다. 고문대의 한 귀퉁이만 보여준대도, 때리려고 팔만 들어 올 려도 아마 저는 제가 알고 있는 모든 사실을 불어버릴 거라고 생각했던 적이 있었습니다. 너무나 무섭고 아플 것 같아서 생 각만 해도 공포가 엄습했습니다. 한번은 물어본 일이 있었지 요. 대체 어떻게 그것을 버틸 수 있었느냐고 말이지요.

저는 칠성판 위에 묶여 발가벗겨진 채 전기고문을 당하고 매를 맞았으나 끝내 동지들을 밀고하지 않고 독재에 버텼던 나의 친구들이 원래부터 나와 다른 종류의 인간이었을 거라고 생각해본 일은 없습니다. 그들은 이념을 위해서가 아니라 동료를 위해서, 자기가 밀고하면 동료가 잡혀와 자신과 같은 고통을 당하는 것을 허락할 수가 없어서 그 고통을 감내했던 것입니다.

J, 가끔씩 내가 아직도 젊을까, 생각해봅니다. 가끔은 그렇고 가끔은 그렇지 않기도 합니다. 이 세상의 모든 고통당하는 이들을 위해 가슴이 무너져 내릴 때 나는 내게 아직 젊음이 남아 있구나, 하고 생각합니다. 그러나 느껴지지 않을 때, 나는 생각합니다. 벌써 너무 늙어버린 것은 아닐까, 하고. 독재자들이 저지르는 만행 중 하나는 모든 사람들을 영영 젊거나 처음부터 속수무책으로 늙어버리게 만든다는 것이 아닐까요. 그리고 생을 바쳐 거기에 저항하는 사람들이 가져다준 미덕 중의 하나는 우리에게 사람이 참 슬프고 사람이 참 좋다는 것을 가르쳐주는 데 있지 않을까요?

J, 언젠가 당신이 물으셨습니다만, 저는 저의 젊은 날을 후회하지 않습니다. 왜냐하면 저는 한때 그토록 젊은 친구들을 가졌기 때문입니다.

나도 안다, 행복한 자만이
사랑받고 있음을 그의 음성은
듣기 좋고 그의 얼굴은 잘생겼다

마당의 구부러진 나무가
토질 나쁜 땅을 가리키고 있다. 그러나
지나가던 사람들은 으레 나무를
못생겼다 욕한다

해협의 산뜻한 보트와 즐거운 돛단배들이
내게는 보이지 않는다. 내게는 무엇보다도
어부들의 찢어진 어망이 눈에 띌 뿐이다
왜 나는 자꾸
40대 소작인의 처가 허리를 꼬부리고 걸어가는 것만 이야기하는가?
처녀들의 젖가슴은
예나 이제나 따뜻한데

나의 시에 운을 맞춘다면 그것은

내게 거의 오만처럼 생각된다

꽃피는 사과나무에 대한 감동과

엉터리 화가에 대한 경악이

나의 가슴속에서 다투고 있다

그러나 바로 두 번째 것이

나로 하여금 시를 쓰게 한다

— 「서정시를 쓰기 힘든 시대」, 베르톨트 브레히트

있는 그대로

　　J, 오늘 우연히 집에서 뒹구는 안셀름 그륀의 『너 자신을 아프게 하지 말라』라는 책에서 가슴을 치는 글귀를 발견했습니다. 그는 나치의 감옥에서 고문받고 살해당한 두 사람 본회퍼와 알프레드 델프를 이야기하고 있었지요.

　　하느님께서 내게 내적 자유의 아름다운 공간을 갖게 해주셨네. 이것이야말로 이 잔인한 주일의 은총이고 나 자신에게서

벗어나는 것이지. 자신감이 산산조각 났네. 그러나 하느님의
실재는 나에게 서서히 아주 가까이 나타났다네.

자유는 삶의 호흡이다. 우리는 곰팡내 나는 지하실과 비좁
은 감옥에 앉아서 금 가고 파괴적인 운명의 기습을 받아 신음
한다. 우리는 결국 사물에 그릇된 광채와 잘못된 존엄성을 더
이상 부여하지 않고 사물을 있는 그대로, 구제받지 못한 삶을
그대로 받아들이기 시작해야 한다.

자신감이 산산조각 난 채…… 구제받지 못한 삶을 그대로
받아들여야 한다는 대목이 저를 멈추게 만들었습니다. 모든
수치를 당한다 해도, 그것이 죽는 것보다 못하다 해도. 그리하
여 저는 받아들이기로 마음먹었습니다. 깊은 상처를 입고 몸
과 마음이 다 망가져버린다 해도, 그래도 희망을 가지고 그렇
게 살려고 마음먹었습니다. 기도했지만 죽을 것 같은 자존심
을 다 접고 노력했지만 되지 않았으나 순종하기로 했습니다.
예, 하고 대답하려고 했습니다.

차라리 상황이 내게 내미는 칼에 깊이 찔려버릴까, 하는 생각을 했다는 말입니다. 그것은, 그것은 단순히 피학적인 포기는 아닙니다. 그러니까 그 고통을 이리 피하고 저리 피해볼까가 아니라 나의 이 상황을 가시관처럼 내가 뒤집어쓰겠다는 것, J 당신에게나 친구들에게 제발이지 날 위해 기도해줘, 라고 하며 고통을 조금이라도 줄여보려고 했던 몸부림을 멈추겠다는 것입니다. 왜냐하면 고통스러운데, 고통을 줄이기 위해 몸부림치면 그 몸부림에의 고통이 원래의 고통에 덧붙여지니까, 제가 소설에 쓴 대로 피할 수 없다면 감사하게 즐겨버리는 것, 이 고통의 의미가 무엇인지 한 발자국 떨어져서 보는 것, 그런 생각을 했다는 뜻입니다.

글을 써보려고 하루 종일 씨름하다가 그냥 편지를 씁니다.

어제는 하루 종일 내리는 비를 보며 술을 마셨습니다. 진정 내가 두려워하는 것의 정체가 무엇일까 생각해보았습니다. 이제 상처 입는 것쯤은 두렵지 않습니다. 이것은 진심입니다.

하지만 내가 다른 사람에게, 혹은 만일 J 당신에게 혹은 아이들이나 내가 사랑한다고 믿고 있는 사람들에게 상처를 주게 된다면 내가 어떤 심정일까, 내가 그래도 나는 좋은 사람이라고 생각할 수 있을까, 하는 생각을 해보았습니다. 결국 내가 두려워하는 것은 내게 상처 주었던 사람들처럼 내가 그것을 고스란히 다른 이들에게 주게 될까 봐, J, 그것이 너무나도 두려웠습니다. 하지만 내 마음조차 내가 다 주관할 수 없고, 아니 내 마음이야말로 내 맘대로 안 되는 거라면 그것 또한 따를까 생각 중입니다.

J, 흰 꽃 핀 배나무 사이로 비는 여전히 내리고 있습니다. 민주화가 되찾아준 것은 그러니까 나 자신의 고통에 대한 관찰과 꽃 피는 사과나무에 대한 감동이라고, 저는 말해도 되겠습니까?

네가 참사람이라면

사랑에 모든 걸 걸어라

그렇지 않다면 이 자리를 떠나라

반쪽 가슴으로는 위엄에 도달할 수 없다

산을 찾아 떠나라

지저분한 길가 선술집에서 너무 오래 머무르지 말고

— 「선술집에서」, 루미

창을 내는 이유

인간들은 대개 집에다 창문을 만들지요. 너무 작아서 사람이 드나들 수 없는 창문 말입니다. 심지어 이 공기 탁한 서울에서 나무 한 그루 없는 삭막한 길로라도 사람들은 창을 내지요? 왜 그런지 아세요? 인간들은 말이지요, 모두가 그리워서 그래요. 그리워서 창문을 만드는 거예요. 대문처럼 크게 만들면 누가 들어오니까 작게, 또 대문처럼 크게 만들면 자신이 못 견디고 아무나 만나러 나갈까 봐 작게, 그렇게 창문을 만드는 거예요. 몸으로는 만나지 말고 그저 눈으로 저기 사람이 사는구나, 그림자라도 서로 만나려고. 아니, 그림자만 얽히려고, 그래야 아프지 않으니까, 그림자는 상처받지 않으니까……

제가 썼던 『착한 여자』에 나오는 구절입니다. 한참을 잊고 있었는데 젊은이들이 블로그에 많이 인용하는 바람에 저도 다시금 찾아보게 되었습니다. 누군가를 만나는 일 자체가 상처라고 느꼈던 시절, 말 한마디에 깊이 아파하고 시선 하나에 위경련까지 일으키곤 했던 그 무렵의 일들이 이 구절들을 따라 가만히 떠오르기도 합니다. 노동운동을 할 자신이 없어서 대신 소설을 쓰겠다고 가난을 결심하고 소설가가 되었는데 어느 날 아침 일어나보니 유명해졌던 기억. 책들은 상상을 초월하게 팔려나가고 있었고 생활비 걱정을 하지 않을 만큼 여유가 있어졌지만 그때 나는 그것을 감당할 수 없을 만큼 젊었고 주변에서 툭툭 내뱉는 비아냥을 참을 수 없을 만큼 속 좁은 사람이었습니다. 유명해지기를 기대한 적도 없고, 글을 써서 돈을 벌겠다는 생각조차 하지 못했던 내게 그 행운들은 재앙과도 같았지요. 바라지 않았던 일이기에 어떻게 해야 할지 도

무지 알 수 없었던 것입니다. 저는 무조건 문을 닫고 전화번호를 바꾼 채 잠적했습니다. 밖에서 누군가 나를 발견할세라 최대한 작게 몸을 숨기고 혼자 있었습니다. 그리고 가끔 창문을 통해 세상을 보았지요. 무엇이 중요하고 무엇이 중요하지 않은지 구분할 수 없었던, 그래서 고슴도치처럼 말의 화살을 온몸에 꽂은 채 사람들을 피해 칩거했던 그 시절을 떠올려봅니다. 그러고 있노라면 새삼 나이를 먹은 일에 감사하기도 합니다. 그리고 지금 나는 여느 때처럼 책상에 앉아 당신에게 편지를 쓰면서 내 서재에서 창밖을 바라보고 있습니다.

J, 창밖으로 바라보이는 저 숲에는 이제 윤기가 없습니다. 금부채처럼 어여쁘게 떨어졌던 은행잎들도 이제는 탈색된 누런 빛으로 변해버렸습니다. 저 이파리들 다 지고 나면 내년 4월이 한참 지날 때까지 다시는 풍성한 숲을 볼 수가 없어서 나는 일 년 중 11월이 오는 것을 언제나 가장 두려워하곤 했습니다. 비가 뿌리고 나서 나뭇잎들이 뚝뚝 지는 걸 보고 있으면 아직도 안타깝고 힘들어요. 게다가 추위를 재촉하는 비가 후득후득 뿌리면서 저녁이 일찍 내리기라도 하는 날에는 아

무리 사랑하는 사람이 곁에 있어도 나는 언제나 고아같이 느껴지곤 했음을 당신은 잘 아십니다.

그런 날에는 옷깃을 여미고 집으로 종종걸음 쳐서 들어가고 싶어집니다. 그런 날에 거리를 헤매어 다니는 일은 뭐랄까, 너무 잔인한 일같이 느껴져서였지요. 그래서 겨울이면 대개 집 안에 틀어박히곤 합니다. 그래서 책을 가장 많이 읽는 계절도 글을 제일 많이 쓰게 되는 것도 그때이고, 차분히 나의 생각을 정리하게 되는 것도 그때입니다. 다시 이파리가 돋을 때까지 집 안에 박혀서 창밖으로 세상을 바라볼 뿐이지요. 대개는 흐리고 가끔은 푸른 하늘, 바람이 불고 노을이 지는 하늘, 때로는 축복처럼 흰 눈이 내리는 것을 바라보며 저는 겨울나무들처럼 봄을 기다리고 있습니다. 햇살이 노릇노릇해지고 연둣빛 이파리 돋는 봄을 기다리는 것입니다. 가끔은 밖으로 뛰쳐나가 재미없고 의미 없는 술자리에서 떠드는 것도 이제는 꼭 나쁘다고 생각하지 않으나 그래도 이 겨울 저는 이렇게 침잠하고 싶습니다.

J, 그곳에도 낙엽이 지고 있나요? 습기 찬 강가를 당신은 걷고 계시나요? 그리운 J, 저는 문을 닫고 커튼을 내립니다.

그는 머리로는 아니라고 말한다

그러나 가슴으로는 그렇다고 말한다

그는 그가 사랑하는 것에는 그렇다고 하고

그는 선생에게는 아니라고 한다

그는 자리에서 일어나고

선생이 질문을 한다

별의별 질문을 한다

문득 그는 폭소를 터뜨린다

그는 모두를 지워버린다

숫자도 단어도

날짜도 이름도

문장도 함정도

선생의 위협에도 아랑곳없이

우등생 아이들의 야유도 모른다는 듯

모든 색깔의 분필을 들고

불행의 흑판에

행복의 얼굴을 그린다

― 「열등생」, 자크 프레베르

내가 생겨난 이유

창가에 서서 제 방 창가에 놓인 베고니아 화분에 물을 주고 있습니다. 이 화분을 산 지가 오 년도 넘었으니 꽤 오랫동안 함께 지내온 저의 친구입니다. 햇볕이 잘 내리쬐이게 해주고 며칠에 한 번씩 잊지 않고 물을 주면 베고니아는 사시사철 따뜻한 곳에서 빨간 꽃을 피웠습니다. 싱싱하고 투명한 연초록색 이파리와 작고 빨간 꽃들이 건조하고 삭막한 저의 서재에 풍성한 분위기를 주어왔지요.

그런데 언제부턴가 이 화분에 꽃이 피지 않기 시작했습니다. 핀다 해도 겨우 아기 손톱만 한 꽃이 몇 개 힘없이 열렸다가 후두두 떨어져버리는 것이었습니다. 그렇다고 이파리가 시들어버린 것도 아니었습니다. 혹시나 해서 화원에 가서 영양제를 사다가 꽂아주었습니다. 무언가가 모자라나 보다 하는 생각에서였지요. 그런데 이파리만 더욱 생생하고 무성해질 뿐 흐드러지듯 벌어지는 그 빨간 꽃봉오리는 보이지 않았습니다. 햇볕도 잘 내리쪼이고 있었는데요.

한동안 그 일을 잊어버리고 있다가 정원을 잘 가꾸시는 분을 만날 일이 있었습니다. 그분에게 베고니아 화분 이야기를 했더니 대뜸 그런 때는 우선 물을 주지 말라는 것이었습니다. 제발 예쁜 꽃 좀 피워보라고 영양제까지 놔준 화분을 굶기라고? 그분의 대답은 그렇다, 였습니다.

그분의 경험에 의하면 식물이 자신의 가장 아름다운 모습을 보이는 것은 적당히 결핍되어 있는 환경에서라고 합니다. 너무 결핍되면 말라버리지만 적당히 결핍되면 아름다운 꽃도 피우고 열매도 잘 맺는다는 것입니다. 결핍이 하나도 없는 식물은 이파리만 무성해질 뿐 어떤 꽃도 잘 피우려 하지 않는다,

이것이 그가 체험한 진실이라는 것이지요. 심지어 토마토 열매를 맛있게 하려면 아주 어린 토마토가 열렸을 때 바늘로 작은 상처를 내준다고 합니다. 그러면 그 토마토는 그 상처를 회복하기 위해 온 힘을 다해 뿌리 쪽에서 양분을 끌어올려 병충해에도 잘 견디고 맛도 있는 토마토를 만들어낸다는 것입니다. 새들이 쪼아 먹은 자국이 있는 과일이 맛있다는 어머니의 말씀도 떠올랐습니다.

그 순간 정말이에요? 하고 물으면서 저는 좀 무서웠습니다. 그것이 자연의 법칙이라는 것이 느껴졌기 때문입니다. 내 방 창가에 놓인 베고니아 입장에서 보면 잘 먹고 햇볕을 잘 받아 이파리만 그렇게 무성해도 그만이겠지만, 그것을 사다 놓은 내 쪽의 입장에서 보자면 꽃이 없는 그 식물은 아무 의미가 없는 것이니까요. 그러니 그것을 거기다 가져다 놓은 목적을 이루기 위해 나는 물을 주지 않는 고통을 주어야 한다는 말이 됩니다.

집에 돌아와 겨우 말라 죽지 않을 만큼만 물을 주었습니다. 좀 미안했지만 어쩔 수 없었지요. 열흘쯤 그런 날들이 지나자

신기하게도 꽃들이 피어나기 시작했습니다. 나는 한숨을 쉬며 생각했습니다. 그리고 나는 하는 수 없이 내가 만들어진 이유는 무엇일까, 하고 생각했습니다.

결핍이 하나도 없는 식물은 이파리만 무성해질 뿐

어떤 꽃도 잘 피우려 하지 않는다,

너는 칼자루를 쥐었고
그래 나는 재빨리 목을 들이민다
칼자루를 쥔 것은 내가 아닌 너이므로
휘두르는 칼날을 바라봐야 하는 것은
네가 아닌 나이므로

너와 나 이야기의 끝장에 마침
막 지고 있는 칸나꽃이 있다

문을 걸어 잠그고
슬퍼하자 실컷
첫날은 슬프고
둘째 날도 슬프고
셋째 날 또한 슬플 테지만
슬픔의 첫째 날이 슬픔의 둘째 날에게 가 무너지고
슬픔의 둘째 날이 슬픔의 셋째 날에게 가 무너지고
슬픔의 셋째 날이 다시 쓰러지는 걸

슬픔의 넷째 날이 되어 바라보자

상갓집의 국숫발은 불어터지고
화투장의 사슴은 뛴다
울던 사람은 울음을 멈추고
국숫발을 빤다

오래 가지 못하는 슬픔을 위하여
끝까지 쓰러지자
슬픔이 칸나꽃에게로 가
무너지는 걸 바라보자

— 「칼과 칸나꽃」, 최정례

속수무책인 슬픔 앞에서

어제는 시골집 데크에 앉아 먼 산에 내리꽂히는 번갯불을 밤이 늦도록 바라보았습니다. 오랜만에 다니러 온 시골집에는 어느새 나 몰래 저희들끼리 꽃이 피어나고 버드나무에 고운 연녹색 움이 돋고 있었습니다. 이미 봄이 다 와버린 정원에 서 있는데 황석영 선생의 소설에서 본 한 구절, 오래 앓고 나서 식구들의 밥상에 기어든 것처럼 나는 분하고 서글펐다, 라는 심정이 떠올랐습니다.

아침에 깨어나니 하늘이 흐리고 바람이 불고 있더군요. 오랜만에 혼자 앉아 커피와 토스트로 아침을 먹었습니다. 사방은 고요하고 전화벨 하나 울리지 않습니다. 이 적요와 쓸쓸함이 오랜만에 만난 벗인 것만 같습니다. J, 그대는 평안하시지요?

칼과 칸나꽃. 저는 아직도 이런 슬픔을 가진 사람 앞에서 속수무책입니다. 그가 설사 제 돈을 떼어먹은 사람이라도 그렇습니다. 칸나꽃 그 빨간 꽃잎 뚝뚝 떨어지는 날이 하필이면 이별하는 날이라니…… 바라보는 것도 때로는 싸우는 일일 수 있다는 것을 깨닫습니다.

J, 문득 브람스의 절친한 친구 요제프 요아임이 브람스에게 했다는 말이 생각납니다. Frei-Aber-Einsam, 그러니까 자유로이 그러나 혼자서, 라고 번역할 수 있을까요? 요즘의 저를 말해주는 단어 같아서 한참을 들여다보았습니다. 당분간 혼자 있으려고 합니다. 아마도 당분간 편지도 드리지 않고 만날 수도 없을 것 같습니다.

J, 실은 오래도록 나를 찔러댔던 내 과거들의 비수가 사랑이라는 이름으로 당신을 찌를까 겁이 납니다. 내 어둠이 당신의

영혼에 물들까 겁이 납니다. 저는 자신이 없습니다. 다 고갈된 것만 같은 두려움과 날마다 싸우고 있습니다. 더 깊어지고 싶은데, 더 깊어져서 자갈과 물고기의 주검들을 지나 더 깊은 곳에 두레박을 내리고 싶은데, 저는 이제 아무것도 할 수 없을 것만 같습니다.

도스토예프스키였던가요, "내가 두려워하는 것은 오직 한 가지, 나의 고통이 가치를 상실하는 것뿐이다"라고 말했던 이가. J, 저의 두려움도 하나입니다. 나의 고통이 나를 무디어지게 만드는 것, 다 그런 거라고 쉽게 말해버리게 하는 것, 이 세상에 사랑은 없다고 자신 있게 말해버리게 하는 것.

바람이 거세어지고 있습니다. 이층 창에 매달아놓은 풍경이 자명종 소리처럼 울리고 있습니다. J, 태풍이 오늘 밤 대한해협을 통과한다고 하는군요. 태풍도 해협도 다 같이 힘들 거라는 생각이 듭니다. 태풍을 바다에 풀어놓았으면 좋겠어요. 저 먼 바다에서 풍랑의 흰 이빨 으르렁거리게, 산더미만 한 파도 시퍼렇게 솟구치게, 그리하여 다시 한번 바다는 바다로서 뒤집어지고 바람은 바람으로 뒤집어져서 허연 배를 내놓고 죽어버리게, 그리하여 한바탕의 폭풍우 후에 바다는 바다로 바람은 바람으로 그렇게 제 노래를 부르며 길을 가게.

그리운 J, 그리하여 당신과 내가 서로의 길을 걷는 것이 만나는 길이 되었으면 좋겠습니다.

저의 두려움도 하나입니다.

나의 고통이 나를 무디어지게 만드는 것,

다 그런 거라고 쉽게 말해버리게 하는 것,

이 세상에 사랑은 없다고 자신 있게 말해버리게 하는 것.

살아야 했다구, 알아들었어?

물론 너나 나나 도대체 어디에 쓸모가 있었겠니?

그래도 살아야 할걸 그랬다구.

몇 때문이냐구? 아무것 때문에도 아니지

그냥 여기 있기 위해서라도

파도처럼 자갈돌처럼

파도와 함께 자갈돌과 함께

빛과 함께

모든 것과 다 함께

— 「인생의 어떤 노래」, 앙드레 도텔

감정은 우리를 속이던 시간들을 다시 걷어간다

J, 『우리들의 행복한 시간』을 쓸 무렵, 제가 구상도 끝나고 취재도 끝났는데 글이 써지지 않아서 괴로웠다고 말하던 그 무렵, 다른 볼일이 있어서 시내에 나가게 되었습니다. 저를 만나서 일을 마친 젊은 여성 하나가 사무실 앞에서 저를 배웅하면서 선생님 요새는 뭐하세요, 물었지요. 사형수를 인터뷰해서 소설을 하나 쓰려고 하는데 써지지 않아서 지금 좀 그래요, 하고 대답했어요. 오랜 이야기를 나누지도 않았고, 잘 알지도 못하는 분이었는데도 그런 말을

했던 것을 보면 저도 꽤나 힘들었던 모양이에요.

그런데 그때 그 여성분이 눈을 동그랗게 뜨면서 "어머 선생님, 당연히 쓰실 거예요. 그건 참 좋은 이야기일 거잖아요" 했어요. 그때 마침 엘리베이터 문이 닫히고 있어서 얼마나 다행이었는지요. 그만 눈물이 핑 돌았거든요. 저 사람은 내가 잘 쓸지 못 쓸지, 그게 좋은 이야기일지 나쁜 이야기일지 어떻게 알고 그럴까, 하는 것은 머릿속 생각이고 맘속으로는 그래, 나 잘 쓸 거야, 잘 쓰고 싶어, 저 사람이 그렇다고 하잖아, 하고 저 자신에게 말했지요. 그러자 정말 그럴 수 있을 것같이 용기가 솟았어요. 우습죠?

신기하게도 그날 이후 글을 쓰기 시작하면서 저에게 작은 변화가 하나 일어났습니다. 그래, 지나가는 누구에게든 칭찬하고 격려해주자. 그 여성분이 제게 그랬듯 어쩌면 우리가 생각하기에 상투적이고 심지어 사소한 인사 하나가 어떤 사람을 결정적으로 도와주는 일이 될지도 모른다는 생각을 하게 된 거지요. 내 친절한 인사말, 내 상투적인 격려(그래도 격려!)…… 옳지 않으면 말하지 않는다는 오만한 원칙을 가지고 있던 사람인데, 그 여성분으로 인해 인생관이 바뀌어버린 거예요.

지난겨울 제가 그 소설을 쓸 무렵, 당신도 알다시피 젊고 아름다운 배우분이 자살하는 사건이 일어났지요. 또 그 무렵, 저의 조카가 미국에서 자기 자신을 죽이고 싶어 하고 있었습니다. 마음이 많이 아팠어요. 그 배우분은 모르지만 우리 조카 역시 겉으로는 아무 문제도 없는 아이인데 아니, 남들이 보기에는 너무나 많은 것을 가지고 있는 아이인데 어떻게 해줄 수가 없었어요.

미국으로 전화를 걸어 이모의 자격으로 소리부터 질렀지요. 이 나쁜 자식아, 네가 이모한테는 얼마나 예쁜 조카인데, 네가 태어나 아기였을 때 널 보고 나서 이모는 이 세상의 아기는 모두 예쁜 거구나 처음 깨달았는데, 돌 지나고 나서 네가 다쳐서 병원에 가서 이마를 꿰매야 했을 때 어린 네가 아파, 아파, 겨우 말을 배운 입으로 말하는 걸 보고 이모랑 네 엄마랑 외할머니 외할아버지까지 네가 안쓰러워서 얼마나 울었는데…… 그런데 네가 죽어? 무슨 권리로 죽어!

한마디로 일자무식한 이모처럼 소리를 질렀어요. 그동안 자신의 부모한테도 무표정하던 조카가 수화기 저 너머에서 흐느끼는 소리가 들려왔어요. 우리는 그냥 그렇게 수화기 너머와 여기, 미국과 한국에서 그렇게 수화기를 붙들고 울었지요. 조카는 아직도 그 죽고 싶은 마음과 싸우고 있어요.

J, 감히 말씀드리면 저도 숨조차 쉬기 힘든 시간들이 있었음을 당신은 압니다. 남들이 네가 뭐가 부족해서 그런 엄살을, 하는 표정으로 보기에 더 힘들었지요. 삶이 두려웠고 희망은 한 점도 없어 보였고 누구도 나를 이해하지 않는, 아니 이해하려고 하지 않고 이해할 수도 없다는 생각에 캄캄했던 그런 시간들, 누구에게나 살아가는 동안 몇 번은 찾아오고야마는, 어쩌면 평범한 그런 시간들 말이에요.

이제 아이들의 엄마로서, 사회의 중년으로서, 내 아이들뻘 되는 젊은이들에게 말해주고 싶어요. 괜찮다고, 그래도 괜찮다고, 어떻게든 살아 있으면 감정은 마치 절망처럼 우리를 속이던 시간들을 다시 걷어가고, 기어이 그러고야 만다고. 그러면 다시 눈부신 햇살이 비치기도 한다고. 그 후 다시 먹구름이 끼고, 소낙비 난데없이 쏟아지고 그러고는 결국 또 해 비친다고. 그러니 부디 소중한 생을, 이 우주를 다 준대도 대신 해줄 수 없는 지금 이 시간을, 그 시간의 주인인 그대를 제발 죽이지는 말아달라고.

J, 비가 그치고 해가 나고 있습니다. 언젠가 저 하늘에 먹구름 다시 끼겠지요. 그러나 J, 영원한 것은 이 세상에 없습니다. 그래서 우리는 또 살아 있습니다.

J, 언제나 혼자였던 것은 아니었고, 또 그럴 수도 없었겠지만, 나는 늘 춥고 그대에게서는 따뜻한 냄새가 났습니다. 온 존재를 유리창에 기대어보았으나 끝내는 그 불빛 안으로 들어서지 못한 빗방울처럼 저는 혼자였던 것만 같습니다. 중요한 것은 우리는 단지 살아온 삶으로 이야기한다, 라는 것이지만 지나온 삶이 곧 우리는 아니라는 것…… 당신의 말씀을 생각합니다.

오늘은 더 작은 한 방울의 물로 내려 깊이 스미고 싶습니다. 따뜻한 어둠 속에 웅크려 있고만 싶습니다. 언젠가 맑은 햇살 아래 샘물로 솟아오른다든가 강으로 흘러가 바다에 도달한다든가 이런 지당한 생각은 말고 그저 머물러 있고만 싶습니다.

어쩌다 이 땅에 내려온 빗방울들, 분노의 언덕과 고독한 계곡을 지나며 부딪치고 멍들어 바다는 이미 푸른빛이지만, 저는 어제 해가 저물 무렵 비 내리는 창가에 앉아 기어이 패배하겠다고 결심했습니다.

그러나 늘 나를 배반하는 마음 때문에 그저 움켜쥔 손가락만 펼 뿐입니다. 길고 긴 나의 생이 지나가는 소리가 창문을 두드립니다. 이제 일어날 시간입니다. 저에게는 잠들기 전에 가야 할 먼 길이 있습니다.

J, 부디 평안하시길…….

| 작품 출처 |

- 『길을 지우며 길을 걷다』, 이원규 지음, 좋은생각
- 「나는 생각한다」, 『스무 편의 사랑의 시와 한 편의 절망의 노래』, 파블로 네루다 지음, 정현종 옮김, 민음사
- 「나와 나타샤와 흰 당나귀」, 『나와 나타샤와 흰 당나귀』, 백석 지음, 백시나 엮음, 다산초당
- 「나의 삶」, 『먼 저편』, 체 게바라 지음, 이산하 옮김, 문화산책
- 「가정」, 『데이트-우리시대 현대시조 100인선 39권』, 유자효 지음, 태학사
- 『루쉰의 편지』, 루쉰·쉬광핑 지음, 리우푸친 엮음, 임지영 옮김, 이룸
- 「비엔나에서 온 까씨다들」, 『걸프만의 이방인』, 압둘 와합 알바야티 등 저, 임병필 옮김, 화남출판사
- 「빈 집」, 『입 속의 검은 잎』, 기형도 지음, 문학과지성사
- 「살구꽃은 어느새 푸른 살구 열매를 맺고」, 『맨발』, 문태준 지음, 창비
- 「서정시를 쓰기 힘든 시대」, 『살아남은 자의 슬픔』, 베르톨트 브레히트 지음, 김광규 옮김, 한마당
- 『소걸음으로 천리를 가다』, 정수일 지음, 창비
- 『열정』, 산도르 마라이 지음, 김인순 옮김, 솔출판사
- 「이 사랑」, 『꽃집에서』, 자크 프레베르 지음, 김화영 옮김, 민음사

- 「잊을 수 없는 미소」, 『오늘의 미국 현대시-임혜신이 읽어주는』, 찰스 부코스키 외 지음, 임혜신 엮어옮김, 바보새출판사
- 「점심식사 후」, 『내 그대 얼마나 사랑하는지』, 웬디 코프 외 지음, 김인성 엮어옮김, 평민사
- 「지금은 그대 사랑만이」, 『편지』, 김남주 지음, 이룸
- 「철창에 기대어」, 『꽃 속에 피가 흐른다』, 김남주 지음, 창비
- 「칼과 칸나꽃」, 『레바논 감정』, 최정례 지음, 문학과지성사
- 『하늘과 땅』, 산도르 마라이 지음, 김인순 옮김, 솔출판사

빗방울처럼 나는 혼자였다

초판 1쇄 2006년 5월 8일
제2판 1쇄 2011년 6월 13일
제3판 1쇄 2016년 11월 30일
제3판 4쇄 2021년 9월 10일

지은이 | 공지영
펴낸이 | 송영석

주간 | 이혜진
기획편집 | 박신애 · 최예은 · 조아혜
외서기획편집 | 정혜경 · 송하린 · 양한나
디자인 | 박윤정 · 기경란
마케팅 | 이종우 · 김유종 · 한승민
관리 | 송우석 · 황규성 · 전지연 · 채경민

펴낸곳 | (株)해냄출판사
등록번호 | 제10-229호
등록일자 | 1988년 5월 11일(설립일자 | 1983년 6월 24일)

04042 서울시 마포구 잔다리로 30 해냄빌딩 5 · 6층
대표전화 | 326-1600 **팩스** | 326-1624
홈페이지 | www.hainaim.com

ISBN 978-89-6574-573-0